Ganarás una mar en calma

CONTEMPORÁNEOS| **Berenice**

MIQUEL MARTÍN I SERRA

Ganarás una mar en calma

Berenice

Berenice

www.editorialberenice.com
@berenicelibros

Título original: Guanyaràs una mar llisa
(Edicions del Periscopi, Barcelona, 2024)
© Miquel Martín i Serra, 2024.
Esta edición c/o SalmaiaLit, Agencia Literaria.
Versión en castellano a cargo del autor.
© Editorial Almuzara, s. l., 2025

Primera edición en Berenice: junio de 2024

Berenice • Contemporáneos
Director de Berenice: Javier Ortega

Parque Logístico de Córdoba. Ctra. Palma del Río, km 4
C/8, Nave L2, nº 3. 14005, Córdoba

Impresión:
Romanyà Valls

ISBN: 978-84-10356-45-0
Depósito Legal: CO-847-2025

Impreso en España/*Printed in Spain*

A todos los pueblos que aparecen en esta novela, por regalarme tanta literatura.

Nunca te rindas.
                    Vuélvete del lado
desde el que antes mirabas la veleta
que te hacía creer en el grito postrero
del gallo de los bosques.
                    Entra,
oscuro mar adentro, y baja al fondo.

Al subir, coralero, y despojado
de la grave escafandra,
te habrás ganado una mar lisa
y el vuelo de una gavia

Joan Vinyoli, «La ganancia» (Alguien me ha llamado/ Algú
m'ha cridat)
Traducción de José Agustín Goytisolo

Índice

Junio

1

He vencido a la noche sentada en el jardín, sedando la inquietud con música y vinos, mientras los cohetes centelleaban en el cielo y caían, ardientes aún, entre el boscaje y la hojarasca. Amàlia, desvelada por el estallido, reposaba la cabeza en mi regazo, inmóvil pero alerta. Drogados para no sufrir, con la respiración fatigosa, los perros dormitaban a nuestros pies. De lejos, nos llegaba el alboroto de las fiestas en las playas, en los jardines, en las calles...

—Cuando yo era pequeña —le he dicho a mi hija—, nos pasábamos el año entero recogiendo cachivaches para quemar y luego todos los vecinos nos reuníamos alrededor de la hoguera. Cantábamos, reíamos y jugábamos. Y las abuelas contaban cuentos y leyendas de duendes y de brujas… Y de sirenas.

Amàlia sale del letargo cuando le revelo que esta era la noche perfecta para ver a las sirenas, ya que se acercaban sigilosas hasta nuestras calas y las escamas de su cola lucían con la claridad de las hogueras. Cada año, desde que el mundo giraba, recibían un castigo después de las campanadas de medianoche: tenían que contar, uno a uno, los granos de arena de la playa, pues con sus correteos bajo el agua habían provocado vientos de levante y habían puesto en peligro la vida de los pescadores. Siempre escurridizas y juguetonas, emergían de la mar ataviadas con velos rojizos como el coral, que se quitaban tan pronto como llegaban a la orilla para moverse con mayor libertad y mostrar sus encantos. Los lugareños se quedaban fascinados por su belleza y las atisbaban desde la distancia, ocultos en cualquier rincón. Si algún galanteador (como decía mi abuela) osaba hacerse con el velo de la sirena, tenía asegurados el amor de su prometida y la felicidad futura. Pero, en cambio, si se dejaba engolosinar por aquellas formas tentadoras y seguía a la sirena, ésta le arrastraba hasta las profundidades de la mar y lo convertía, para siempre jamás, en su esclavo.

—¿Y tú has visto alguna vez a una sirena, mamá?

—Yo no, pero quizás mi bisabuelo Espiridió se topó con alguna cuando salía a pescar.

—¿Espiridió? ¡Qué nombre más raro! —dice Amàlia, incorporándose.

—¿Quieres que te cuente por qué se llamaba así?

Espoleada por la sonrisa de mi hija, vuelvo a hacer memoria y me veo sentada en el patio de la yaya Neus, en l'Estartit, rodeada de aparejos de pesca y aguaitando a través de los pinos la silueta de las islas Medes. Fue la primera vez, más o menos con la misma edad que Amàlia, que oí la historia. Luego, mi madre me la contaría muchas veces y siempre la empezaría con las mismas palabras: «Cuando todavía las barcas iban a vela y las redes eran de lino, un antepasado nuestro, al rayar el alba, salió de la playa de Sa Tuna para recoger las redes…».

Años más tarde, seducida ya por la palabra y su capacidad para entroncar con los orígenes, escribí la historia para que no cayese en el olvido y la continué así: «Bajo las rocas de Cap sa Sal, que abrigaban a la barca de la marejada, ya advirtió el nubarrón de gregal que se iba formando e intentó regresar a puerto. La tormenta, sin embargo, se presentó con tal violencia y celeridad que, aun siendo un pescador experto, se vio ya incapaz de gobernar la embarcación. En un abrir y cerrar de ojos, perdió los puntos de referencia de la costa y supo que la corriente le había arrastrado mar adentro, donde las olas y la negrura de las aguas parecían a punto de engullirlo. Desesperado y perplejo como nunca antes se había sentido, juró que, si se salvaba, pondría el nombre de la tierra que le acogiera a su primer nieto.

«La fortuna y los vientos le llevaron hasta una pequeña isla llamada Espiridió, cerca de la costa griega, donde unos pescadores lo socorrieron y lo albergaron. Pasó muchos días y muchas noches esquivando a la muerte, siempre atendido por manos desconocidas. Tal vez fue la añoranza de su tierra y de su familia o, quién sabe, tal vez el deseo de encarnar su gratitud en aquel nieto, pero lo cierto es que, gracias a su obstinación y a la ayuda de aquellos pescadores, acabó salvando todos los escollos. Transcurrido un largo tiempo, cuando ya todos le daban por muerto, regresó a su casa sano y salvo, dispuesto a cumplir el juramento».

Amàlia me mira de hito a hito, con ojos de hurón, brillantes y escrutadores.

—¿Y cómo volvió de aquella isla, mamá?

Tardo en contestar porque su pregunta hace que me lo plantee por primera vez.

—Pues debió de recogerlo algún barco, supongo… O a lo mejor alguien fue a buscarle —improviso, torpe, en un tono que no resulta nada convincente.

Ahora me doy cuenta de que no sé casi nada de la historia, de que muchos detalles se me escapan, de que he ido contándola como una autómata, sin cuestionarme en ningún momento los hechos que en ella se relatan.

¿Es cierta, entonces, toda esa aventura? ¿O se trata tan solo de un cuento para entretener a los chiquillos? Me lo pregunto justo cuando estalla otro petardo, con tal estrépito que temo por los cimientos de la casa y la salud de sus ocupantes.

2

La pregunta de Amàlia me resuena dentro de la cabeza como un eco, persistente e inexorable: «¿Y cómo volvió de aquella isla, mamá?». Y, de paso, abre muchos más interrogantes y provoca que todo el relato del bisabuelo Espiridió empiece a tambalearse.

—Lo que pasa es que esta historia hace años que te obsesiona —me argumenta Rita, cuando la llamo para desahogarme.

—¿Ah, sí? —pregunto, como si me hablara de otra persona.

—¿A ti qué te parece? Te la contaron de niña y después yo te he oído contarla un montón de veces cuando alguien te preguntaba por tus antepasados. Y ahora vas y la cuentas a tu hija, como si esto fuera un ritual de iniciación en vuestra familia. Si eso no es obsesión, ya me dirás tú lo que es.

—A lo mejor tienes razón, aunque yo no era consciente de todo lo que me estás diciendo.

—Porque en el fondo quieres creer en la historia aunque no sea verdad o, mejor dicho, te da miedo que sea falsa y entonces se vayan al traste todos tus principios.

—No sé si acabo de entenderte, la verdad.

—Lo que quiero decir es que lo que da sentido a tu vida es la familia y sus orígenes y también el paisaje y el mar, que lo lleváis metido muy adentro. Vaya, y también la lengua, que te permite entenderlo y contarlo todo, por eso eres escritora y te gustan tanto las leyendas, supongo. No puedes prescindir de todo eso, sería como si te robasen tu relato mítico.

Me quedo callada pensando que quizás sí se trata de un mecanismo de defensa contra un ansia atávica, latente, que cargo como un lastre. Quizás me refugio en la ficción, en las leyendas, para que no se desmigaje mi mundo y me quede desnuda ante una realidad demasiado prosaica. Todos construimos nuestro relato, con palabras y con silencios.

—Hazme caso —me recomienda—, no te podrás librar de todo esto hasta que salga en la colada.

—¿Y eso qué quiere decir?

—¿No conoces esta expresión? ¿Y tú eres escritora? —dice para picarme— Quiere decir que tienes que aclarar todo este intríngulis, que tienes que orientarte y encontrar tu camino. Ay, Gona, Gona, ¿qué vamos a hacer con vos?

3

La leyenda de Gona era otra de las muchas leyendas que había oído contar en casa, donde casi todo se acababa ejemplificando con dichos, anécdotas o historias, como si la verdadera vida, la que valía la pena de ser vivida, fuera solo aquella que se podía narrar. Era una historia devastadora que no podía dejar de escuchar una y otra vez, a pesar de que me dejaba exhausta y aturdida. Gona, aquella chica que había imaginado y dibujado centenares de veces, poseía todo aquello que yo anhelaba: era bella, era rica, era refinada y gozaba de talento artístico. Sin embargo, un día se enamoró de un pobre pescador de la cala de Aiguafreda y, pese a la firme oposición de sus padres, que amenazaron con desheredarla y echarla de casa, empezaron a cortejarse. Tanto quería a su prometido, que cada madrugada, ya fuera verano o invierno, cuando él llegaba de recoger las redes, ella le aguardaba en la orilla, temblorosa, solo por el gozo de verlo de nuevo y de volver a abrazarlo en silencio.

Próxima ya la fiesta mayor, poco antes de la boda, mientras Gona se probaba el vestido de novia, un temporal segó la vida del pescador, cuyo cuerpo apareció, hinchado y desfigurado, con los labios azulencos y la piel lechosa, en la playa Fonda, envuelto por las algas y roído por los pulpos. Cuando Gona lo descubrió, se hincó de rodillas ante aquel cadáver mutilado y deforme y, enloquecida, maldijo a las olas y al viento, a los peces de la mar y a las aves del cielo, desgañitándose, hasta que la luna la sorprendió abrazada al cuerpo de su amante. Echó a correr, todavía con el vestido de novia, indiferente a las voces que le ofrecían consuelo, y se refugió en lo alto del castillo.

Cada noche, cuando todo el pueblo dormía, se dedicaba a contemplar la oscuridad, a distinguir las voces de los animales y a leer los mensajes secretos que, según ella, se ocultaban en el temblor de las plantas. Cuando algún viento traía hasta allí la salobridad de la mar, Gona lloraba amargamente, recordando a su prometido difunto. Hasta que un atardecer, como solo lo hace con los pescadores más ancianos y sabios, la luna le habló en silencio. Desde aquel día, contaban los lugareños, el vestido de novia, sucio y deshilachado, se paseaba por la planicie del castillo y se oía la voz de Gona, conversando con la luna.

Todos quienes pasaban cerca del castillo le dejaban un bocado, hoy un puñado de higos, mañana unas almendras, acaso un poco de pan o media docena de anchoas, una frazada vieja o algún jirón de ropa que le servía para ir zurciendo el vestido de novia, convertido ya en un harapo miserable. Todos quienes pasaban cerca del castillo repetían siempre la misma canción:

Ay, Gona, Gona,
¿qué vamos a hacer con vos?
Fuisteis joven y hermosa.
Ahora estáis ida de amor.

Una noche de verano, transcurrido ya largo tiempo, cuando todo el pueblo celebraba la fiesta mayor y la luna se exhibía llena, redonda y resplandeciente como jamás se había visto en aquellas tierras, Gona se dirigió a ella y le declaró su amor.

—Yo también te amo —le contestó la luna—, pues me has ofrecido tu compañía cada noche, con lluvia y viento, con nieve y frío, llena, nueva, creciente o menguante, siempre me has amado.

—Pues tómame —dijo Gona, entregándose con los brazos abiertos y la mirada extraviada.

—El sol calienta los hogares, el viento hincha las velas y las estrellas orientan a los marineros —le respondió, enigmática, la luna.

—¿Y tú, luna? —le preguntó Gona.

—Yo siempre estoy sedienta, por eso arrastro la mar y creo las mareas. Yo domino el ciclo de las mujeres, atraigo la voluntad de los hombres y, sin que ellos lo sepan, controlo sus vidas. Yo bebo todo cuanto amo y lo retengo en mi interior, como los enamorados retienen el uno los ojos del otro.

En ese mismo momento se produjo un eclipse y nadie, nunca más, volvió a ver a Gona. Desde entonces, siempre que alguien desaparece se dice que se lo ha bebido la luna.

Conté por primera vez esta leyenda a Rita durante nuestra adolescencia. Estábamos las dos sentadas en la playa de Sa Riera, una noche de agosto, la arena tibia aún y el aire cálido como el aliento de una bestia. Puedo verla como si fuera hoy: el rostro bronceado y los ojos chispeantes, mirando aquella luna que resplandecía sobre las aguas en calma. Teníamos diecisiete años, la noche era nuestra y la vida no nos había mostrado todavía las garras.

—Es una historia preciosa —me dijo—. Gona eres tú.

—¿Lo dices porque también estoy chiflada?

—No, no, de verdad. Tiene tu espíritu, es como yo te imagino por dentro. Tú también persigues la luna.

Y el espíritu de Gona, que, reencarnado en mí, y según Rita, era un compendio de tozudez, contemplación y creatividad, cristalizó años más tarde en mi primer libro.

—Ay, Gona, Gona, ¿qué vamos a hacer con vos? —me dijo Rita, orgullosa de su amiga, cuando le regalé el primer ejemplar, que acababa de salir de la imprenta.

Y ya han pasado doce años desde que publiqué aquella colección de relatos titulada *Penumbra* (ahora veo que el título encaja, ya que algunos relatos eran bastante crípticos). Cito en uno de ellos la historia familiar de paso, ni tan siquiera la desarrollo, y tan solo adaptada a las circunstancias del personaje y de la trama. La relectura, pues, no me aporta ninguna información útil.

Decepcionada, me concentro en la fotografía de la solapa, tomada hace más de quince años durante un viaje a Irlanda con Rita y dos amigas más: muestra mi plenitud física. Hay una chispa de ingenuidad en los ojos y, con todo, la mirada se entrevé desvergonzada, casi insolente, atrevida en su ignorancia. Hoy la piel ha perdido brillo, algunas formas se han redondeado y otras han enflaquecido como si buscasen una armonía imposible. Algunos rincones del cuerpo muestran los primeros síntomas de madurez, pero he aprendido a aceptarlos de buen grado, como una ganancia, o quizás como una prenda, más que como una privación. Ahora, sobre todo, me gusta mi mirada, pues descubro en ella una paz y un equilibrio que me eran ajenos.

A pesar de que algunas ideas están expuestas con cierta impericia y precipitación, creo que *Penumbra* insinúa la escritora que he acabado siendo o que todavía intento ser. Un libro, en cualquier caso, que ya busca las raíces y se adentra, sin concesiones, en el solitario y arduo camino de la literatura.

4

Intento reconstruir la narración punto por punto, como siempre la he oído —o como recuerdo haberla oído—: la pequeña barca, la gran tormenta, la isla griega… y un nombre curioso y familiar que al mismo tiempo se convierte en una espiral de sensaciones: Espiridió. Y lo que más me sorprende es no haberla oído nunca por boca de mi bisabuelo, como si él ya la hubiera trasladado a sus hijos y ahora fuese tarea de las demás generaciones ir perpetuando la historia.

Visto por una niña, mi bisabuelo era un hombre alto y cargado de hombros, un poco jorobado, de grandes manos, facciones duras y una boina que solo se quitaba cuando, buscando una palabra rebelde, se rascaba la cabeza. Siempre rodeado de gatos que le adoraban, lo recuerdo tomando el sol en el patio de la casa de Begur, ya retirado, mientras mi bisabuela Paulina removía cazuelas en los fogones y me daba confites de un tarro de porcelana. La casa desprendía olores antiguos, como si el tiempo hubiera quedado retenido entre aquellas paredes. Marinero de aire adusto, aunque niñero y afable, el bisabuelo Espiridió tenía el don de contar historias. Con voz diáfana y gesticulación enfática, rodeado de nietos y bisnietos, narraba aventuras de peces misteriosos, de personajes estrafalarios y de nombres extrañísimos que poblaban la costa ampurdanesa. Yo era la bisnieta menor, la última de una larga y numerosa familia y, cuando tenía la oportunidad de quedarme a solas con mis bisabuelos, ardía en deseos de que me contaran cómo habían capturado aquella enorme tortuga cuyo caparazón lucía colgado sobre la campana de la chimenea. Parecía un animal mitológico, prehistórico, casi huido de una fábula, de proporciones que escapaban a mi comprensión, de manera que solo el relato podía, palabra a palabra, pausa a pausa, abatir mis dudas y neutralizar mis temores.

—Me apuesto lo que quieras, chiquilla, que podrías meterte dentro y usarla como si fuera un bote —decía mi bisabuela, mientras yo dirigía una mirada hacia el caparazón, imaginando que navegaba por mares legendarios y exóticos.

—Cuéntame cómo la atrapaste —pedía, exaltada como la primera vez que se lo había pedido a mi bisabuelo.

Él sonreía y miraba a su mujer, que le devolvía una sonrisa alentadora.

—¡Válgame Dios, nunca te cansas de escuchar la misma historia! Ya te he dicho mil veces que venía de la otra punta del mundo, de los mares más calientes.

—¿Más allá de Mallorca? —a aquella edad ese era mi límite del mundo.

—Y más allá de Cerdeña —decía él, de forma que mi admiración aumentaba, aunque no tenía ni idea de dónde caía esa otra isla—. Debía de despistarse, pobrecilla, y fue a parar cerca de unas rocas de Ses Negres. Yo iba a la traíña y ella se metió entre las redes buscando manduca.

—Cuéntame aquello del culo —suplicaba, pues era uno de mis momentos favoritos de la narración.

—Sí —decía él, mirando a mi bisabuela de reojo—, tú eres igual que Jaimito, que de tan tunante se le pegó una centolla en el culo como les pasa a la tortugas.

Yo me reía como una loca, de esa forma cómo solo se ríen los niños, incluso se me saltaban las lágrimas y me dolía la barriga. Y la bisabuela Paulina paraba de coser y me dedicaba siempre alguna de sus peculiares exclamaciones:

—¡Ay, chiquilla, qué bien vives! ¡Para ti todo el monte es orégano!

—Eso, tú ríete tanto como quieras —continuaba el bisabuelo Espiridió, intentando aparentar seriedad—, pero ya sabes que a las tortugas se les pega una centolla en el culo y eso las obliga a subir a la superficie. Luego se desorientan y los pescadores las cogen. Pero si te digo la verdad, en mi vida había visto ninguna bestia tan grande como aquella, y primero creí que era un pedazo de barca o un baúl o vete tú a saber qué chirimbolo.

—¿Y por qué era tan grande?

—Caracho, pues porque era muy vieja. Más que yo, que ya es decir.

—¿Y cuántos años tenía? —volvía a preguntar yo, esperando que ahora todavía hubiera envejecido un poco más.

—Yo diría que más de doscientos —decía él, exagerando y traicionado por una leve sonrisa bajo la nariz.

—¿Y no te dio miedo?

—Ni gota —respondía, con cierta solemnidad, preparando una lista de temores que ya me sabía de memoria—. A mí solo me espantan las pinchadas de la escorpina, la mar gruesa y las pedriscas por San Pedro. Pero cuando le vi esa cabeza tan grandota, que parecía la de un rape, ya supe que era una tortuga y que pesaba demasiado para subirla a bordo. Como estaba enredada en las redes, barqueé para tierra y la fui aguaitando. Mira si tenía fuerza la condenada, que a veces incluso movía la barca. Cuando ya estuve en tierra firme, ella misma dio unos pasos por la playa y vimos que tenía unas heridas muy feas en las patas de atrás, como si la hubiera mordido algún animal.

—¡Un tiburón!

—Seguramente —él me seguía el juego— o una de esas serpientes de mar que son más largas que toda la orilla.

—¿Y mordía?

—Ya lo creo que mordía, como una morena en su escondrijo.

—Y después se murió, ¿verdad? —decía yo, intentando precipitar el desenlace.

—Todavía no, chiquilla. La subimos a un carretón con unas cuerdas y la tuvimos unos días en el patio trasero, con las nansas y otros trastos. Tu bisabuela le daba lechuga y brecolera y todas las sobras que pillaba.

—Y no se andaba con antojos ni puñetas —apuntaba la bisabuela Paulina, sin dejar de coser—. Todo le parecía bien, no como tú, que encuentras espinas hasta en el pollo.

Yo volvía a reírme, pese al reproche (justificado, pues de pequeña era muy antojadiza con la comida), y mi bisabuelo retomaba la narración.

—Sí, y me huelo yo que se había zampado alguna raya —y sonreía ante mi cara de sorpresa, aunque en otra versión en vez de una raya debía de tratarse de un verdel o de una salpa—. Pero hete aquí que cada vez comía menos, echaba muchos bufidos y apenas se movía, hasta que un día tu bisabuela la encontró con la boca abierta, seca como un bacalao.

—Parecía que se hubiera encogido como una uva pasa —decía ella, alzando la cabeza del ganchillo.

—¿Y por qué no la enterrasteis? —preguntaba yo, aunque en otras ocasiones preguntaba por qué no se la habían dado de comer a los peces o la habían tirado a la letrina.

—Pues porque pesaba como un demonio y pensamos que podríamos quedarnos el caparazón para adornar la casa. Y entre tu bisabuela y yo, y la ayuda de algún vecino, la volteamos de patas para arriba y cercenamos y desmochamos toda la carne hasta que solo quedó el caparazón. Luego, frotamos como locos, hasta que quedó limpia como una patena. Y ya lo ves, hace casi cincuenta años que la cogí del mar y aún brilla como el primer día.

Así se acababa siempre la historia de aquella tortuga, pero yo continuaba dándole vueltas, añadiéndole nuevos detalles, contándomela y contándosela a todos cuantos quisieran escucharme, reinventándola, siempre con la sospecha, siempre con la intuición, de que aquellas palabras me conferían un resguardo y unos privilegios tan sólidos e inexpugnables como el mismo caparazón de la tortuga.

5

¿Quién era ese pescador que juró bautizar a su nieto con el nombre de la tierra salvadora? ¿Quién era ese familiar remoto, un personaje casi totémico, de perfiles vagos pero al mismo tiempo definidos, que fue mi retatarabuelo? ¿Qué resta de aquella historia? ¿Qué queda de aquella persona?

He intentado reconstruir el árbol genealógico de la familia con la ayuda de mi madre, cuya memoria nunca deja de sorprenderme, pero más allá de mi tatarabuelo, llamado Tomàs Frigola i Casademont, hijo de la masía de la Heura, solo hay oscuridad.

—¿Por casa no tenemos ningún papel que nos pueda dar información sobre la historia? —he preguntado a mi madre, mientras mirábamos fotografías amarillentas de familiares, para mí, desconocidos.

—Pues no. Yo no tengo nada de nada —me ha contestado, un poco distraída—. Mira, esta es la tía Cornèlia de Francia, que en paz descanse. ¿Te acuerdas de ella?

—No.

—Sí, nena —ha dicho mi madre, con gesto de sorpresa—, era la hermana pequeña del abuelo Espiridió, la que se marchó a Francia durante la guerra porque su marido se había significado mucho y estaba comprometido en política.

—Que no, mamá, que no me acuerdo.

—Claro que te acuerdas —ha insistido—. Era una mujer bajita, de pelo cano, más negra que una cherna y que hablaba aquel catalán tan curioso. «Mamá, esta señora habla raro», me decías de pequeña cuando la veíamos.

—Ah, sí —he recordado de pronto—, aquella mujer que hablaba con acento de la Cataluña del Norte y al mismo tiempo usaba expresiones de nuestra tierra.

—Esa misma.

—¿Y sus hijos no podrían tener alguna cosa? —he persistido yo, abandonando el retrato de la tía Cornèlia— ¿Algún documento o… no lo sé, lo que sea?

Mi madre ha dejado de remover fotografías, se ha quitado las gafas y me ha mirado con una indulgencia bastante irritante.

—No, hija mía, no lo creo. Esto no es más que una historia que se ha ido contando de padres a hijos y no creo yo que haya ningún papel en ninguna parte.

—Ya, ¿pero entonces cómo sabemos que es verdad? —Y mi pregunta ha sonado impertinente.

—Nena, pues no sé yo qué decirte, aunque supongo que tus abuelos y los míos no pretendían engañarnos, ¿no te parece?

—No, mamá, no me refiero a eso. Lo que intento decirte es que en casa siempre se ha contado la historia dándola por cierta y me parece a mí que nadie se ha parado a pensar si se podía demostrar de alguna manera. El otro día Amàlia me preguntó cómo había regresado de la isla griega nuestro antepasado y yo me di cuenta de que apenas sabía nada de la historia. Mi hija cree en las sirenas, pero en cambio duda de la historia familiar porque yo no tengo las respuestas que ella me pide.

—Yo también creo en las sirenas —ha dicho mi madre, riendo—. El abuelo Espiridió siempre nos contaba que salían de su escondrijo por la noche de San Juan.

—Sí, me parece que hasta que fui bastante mayor yo también creí en la existencia de las sirenas —le he confesado—. Cuando íbamos a l'Estartit, a casa de la yaya, siempre esperaba ver alguna nadando hacia las islas Medes porque ella me había contado que allí, bajo el agua, en un escondite muy enrevesado, tenían un palacio de cristal. Pero esta historia de la familia, no sé… cuanto más pienso en ella más extraño me resulta todo.

—Podrías hablarlo con el tío Baldiri del Puigcalent —ha sugerido—, que es el más mayor que queda en la familia.

Aunque no sé si te va a servir de mucho porque siempre ha sido un poco desbaratado.

Desbaratado es el adjetivo que esgrime mi madre para compendiar el arrebatamiento, la candidez y la excentricidad del tío Baldiri, un primo de mi abuela Neus, que vive desde hace muchos años de la herencia de su primera mujer, muerta al poco de casarse, justo cuando se trasladaron a vivir al Puigcalent, un vecindario de Regencós.

—Mira, el tío Baldiri tiene el indiscutible mérito de haber pasado largamente de los ochenta años y seguir viviendo sin echar un palo al agua —he dicho.

—Eso sí, nena —ha corroborado mi madre—. No debe ser tan desbaratado, entonces. Además, no te pienses tú, nunca se ha privado de nada: comilonas, casas, mujeres… y además se ha hartado de viajar y ha visto hasta el culo del mundo. Y cada domingo se va a jugar al casino, que tiene como una fijación. Y encima ha tenido la suerte de que alguno de esos negocios que ha montado le ha salido la mar de bien. Ríete tú del tío Baldiri.

Hace tiempo, el tío Baldiri se casó con una cubana cuarenta años más joven y riñó también con buena parte de la familia con la que todavía se hablaba.

—Mamá, lo que pasa es que el tío Baldiri no sabe ni en qué día vive.

—Llevas razón, hija, pero tiene mucha memoria. Como siempre ha vivido sin dar ni golpe, a la sopa boba, por decirlo clarito, se ha dedicado toda su vida a chafardear. Además, si no me equivoco, me parece que de joven estuvo de jornalero en la masía de la Heura. Te podría contar cosas de tu tatarabuelo Tomàs. Y, de todas formas, aunque no té dé muchas noticias, te pegarás un panzón de reír y estarás un buen rato de palique.

—Eso sí —he dicho, recordando las historias surrealistas que a menudo cuenta el tío Baldiri y que, según mi madre, soy la única de la familia que sabe apreciar.

—No sé, piénsatelo bien, pero si yo fuera tú no me rompería demasiado la cabeza con toda esta historia de la familia.

Mi mente, sin embargo, ya estaba hurgando en el pasado de la familia y se empeñaba en verificar una historia que se había convertido, no sé exactamente en qué momento, en una referencia, en una coartada y al mismo tiempo en una obsesión.

Y los escritores no tenemos otra formar de huir de nuestras obsesiones como no sea escribiendo. Es más, los buenos escritores han de ser obsesivos, han de estar atrapados, poseídos por las historias que pretenden escribir, de otro modo pasarán de puntillas por el relato, desapasionados y displicentes. De hecho, a menudo nos damos cuenta de cuáles son nuestras fijaciones porque se nos imponen a través de los personajes y de las situaciones de nuestros libros. Y, no obstante, hay que saber dominar la obsesión para no entorpecer ni adulterar el texto. Un equilibrio difícil de conseguir, sin duda.

—Escríbelo, Gona, no te lo pienses más —me ha incitado Rita, cuando le he contado mis inquietudes.

—¿Y qué quieres que escriba, si solo tengo una historia familiar de andar por casa que no se sostiene por ninguna parte?

—Pues busca más pistas, infórmate… No sé, habla con más gente.

—¿Y si no saco nada en limpio? —le he preguntado, desvalida.

—Entonces, crea, inventa, improvisa… Haz lo que mejor se te da: literatura.

Determinación liberadora: escribir el relato familiar. Primer problema: fijar la cronología de los hechos. Mi bisabuelo Espiridió nació en 1892 y, por lo tanto, el naufragio debió de producirse a finales del siglo XIX. A pesar de la opinión de mi madre, pienso que tiene que existir algún documento que, directa o indirectamente, demuestre la veracidad de esta aventura y, de paso, me ayude a esclarecer los detalles que permanecen confusos. Para empezar no he hallado ninguna isla que se llame Espiridió, tal como se cuenta en el relato. Sí que he hallado, no obstante, tres islas del mar Jónico que tienen como patrón a San Espiridió: Corfú, Zacinto y Cefalonia. Este pequeño detalle, al menos, estimula mi búsqueda y me induce a creer que no es del todo inútil.

Ahora que intento dotar al relato de coherencia, sin embargo, las confusiones y las dudas se multiplican. Si iba a pescar, ¿cómo se explica que fuera a parar tan lejos, atravesando casi todo el Mediterráneo? En aquella época los coraleros de Begur, que en el pueblo se denominaban «coraladores», eran famosos en todo el mundo y habían llegado incluso hasta las islas africanas de Cabo Verde. ¿Es posible que no fuera a pescar sino en busca de coral? De todas maneras, si iba a por coral, tenía que ir con otros marineros, pues las expediciones nunca se realizaban en solitario y mucho menos a tierras tan lejanas. ¿Le acompañaban otros coraleros de Begur o de poblaciones vecinas? ¿Sobrevivió alguien más? ¿Cuánto tiempo permaneció en aquella isla? ¿Se denunció su desaparición?

—Una historia que se ha transmitido de padres a hijos oralmente es normal que haya sufrido muchos cambios —me dice Rita para aplacar mi confusión.

—Sí —acepto, con reticencia—, todo eso ya lo he pensado. Seguro que hay detalles deformados por el paso del tiempo y tendré que hilar fino si quiero averiguar cómo sucedió toda esa historia. Pero en el fondo estoy segura de que tiene que quedar un poso, como un material inalterado, unos cimientos que me permitan reconstruirlo todo.

—A eso yo lo llamo fe —concluye Rita.

7

Fiesta mayor de San Pedro. Santo de mi padre. Banquete familiar. Paseo con Rita y los perros.

No he escrito ni una sola palabra. Sin embargo, no dejo de pensar en la historia del bisabuelo Espiridió.

Julio

1

Al sudoeste de Corfú, justamente cuando la isla se vuelve más estrecha y alargada, he localizado una playa llamada San Espiridió. Sentada a una mesa de la biblioteca, ante un atlas, como una niña en un viaje fantástico, he reseguido con el dedo el trayecto que, presuntamente, recorrió mi antepasado. Pronto, sin embargo, la racionalidad adulta se ha impuesto a la imaginación infantil: no parece creíble que una pequeña embarcación le llevara hasta allí después de soportar una tormenta, sino que resulta más plausible que mi retatarabuelo saliera con otros marineros en busca de coral. Es a partir de esta hipótesis, pues, que debería guiar la investigación (la palabra me suena un poco pretenciosa, pero al mismo tiempo me parece la más precisa).

En primer lugar, debo seguir el rastro de mis antepasados hasta dar con el pescador que sufrió el naufragio. En segundo lugar, tengo que acceder a cualquier documentación que me aporte algún dato fiable. Y por último, siguiendo el consejo de mi madre y de Rita, debo hablar con el tío Baldiri y con los más viejos del pueblo, que todavía conocieron a mis bisabuelos y tatarabuelos. Ahora, pues, lo más urgente es consultar los censos del Archivo Histórico y tratar de averiguar la procedencia de mi retatarabuelo.

2

Hace días que intento contactar con el tío Baldiri, pero no responde nunca a mis llamadas y ya parece inútil dejarle más mensajes en el contestador.

Saqué un montón de libros de la biblioteca, pero ni tan solo sé cómo organizar los datos de que dispongo ni cómo avanzar en la búsqueda de la historia —¿o leyenda?— familiar.

Descubro que el coral no es otra cosa que el esqueleto de un animal. Manufacturado, se convertía en un artículo de lujo muy usado en joyería y que hacía las delicias de las clases acomodadas. No me imaginaba, sin embargo, que estuviera tan vinculado a mi pueblo desde tiempos tan antiguos ni de una manera tan decisiva y me sorprende que no se haya otorgado más importancia a este hecho o no se hayan publicado más libros acerca del coral.

Me he levantado de la butaca y he cogido un bote de cristal de lo alto de la estantería: dentro, entre una pila de conchas y piedrecitas, hay una rama de coral que mi abuela Neus me regaló de niña. De lejos, bajo la luz mortecina, parece un árbol pintado por Mondrian; de cerca, con las rugosidades sinuosas y las ramas como tentáculos, evoca una planta fantástica, onírica y remota que, al salir del agua, va perdiendo el rojo flamante y sanguíneo y se va volviendo de un naranja opaco. Si contemplas el coral sin prisas, si lo acaricias y lo sopesas en la mano, si lo hueles mientras cierras los ojos, puedes abrazar toda la mar que contiene y, por un momento, puedes intuir las vidas que se han arriesgado para conseguirlo.

3

Me hallo en uno de los momentos que más aborrezco en esta labor tan insensata y al mismo tiempo tan apasionante que es la escritura. Aborrezco las dudas que te mantienen atada de manos y pies en un punto muerto, aislada, impotente. Querría sentarme ante el ordenador y sumergirme en la historia con la plenitud y la energía con las que solo un acto creativo como la literatura permite hacerlo. Querría encontrar aquella inspiración que se menciona con tanta ligereza cuando se habla de los escritores. Una inspiración que, según la voz popular, los autores buscan a través de los caminos más diversos y tortuosos. A tenor de lo que dicen, la literatura reclama la autodestrucción y los grandes autores deben acabar alcoholizados, locos o suicidándose de la manera más sofisticada posible. Me inclino a creer que es uno de los grandes tópicos de la literatura y que también se puede ser un excelente escritor llevando una vida discreta, sin bluf ni extravagancia ninguna. La vida que de verdad cuenta, la que nutre a la literatura y la sustenta, lejos de imposturas y poses, es la que bulle por dentro, como un manantial subterráneo que no para de fluir.

Yo solo conozco una forma de inspiración, aparte de trabajar incansablemente: nadar. Nadar en aguas tibias o frías, nadar al alba o al anochecer, en una mar en calma o con marejada, lejos de la costa o cerca de las caletas, entre acantilados, nadar por nadar, como un axioma absurdo que consigue purificarme el cuerpo y aclararme la mente. Porque solo cuando estoy nadando, cuando me siento acogida por la mar, cuando en ella me pierdo y me confundo, consigo desprenderme de todos los pensamientos cotidianos y concentrarme en lo que he escrito o en lo que pretendo escribir.

Al atardecer, una vez relajada por el baño, tomo notas bajo el porche. Cenamos con Amàlia y nos contamos las novedades del día. Cuando oscurece, yo me embeleso contemplando las tonalidades del cielo y ella busca luciérnagas en el jardín.

—¿Por qué tienen luz, mamá? —y de nuevo sus preguntas me obligan a mirar la realidad con otros ojos, como si la viera por primera vez.

—Porque antes eran estrellas —improviso—, y como ayudaron a un mago perdido a encontrar el camino de vuelta a casa, en agradecimiento, él les dio vida. Pero, como las estrellas, solo pueden verse de noche.

La observo, ahora que corre tras los perros, y me doy cuenta de cómo ha crecido y de cómo ha ido superando las dificultades. Cuando compré esta casa, con la indispensable ayuda de mis padres, era una criatura débil que requería un cuidado constante. Hoy es una niña espabilada, llena de vigor, de curiosidad insaciable y de carácter inquieto.

—¿Sabes cómo cuenta la leyenda que nació el coral? —le digo, recordando un libro que he consultado esta tarde.

—¿Cómo? —sonríe a la vista de una nueva historia.

—Pues mira: Medusa, que era un mal bicho y hacía la pascua a todo el mundo, probó un día su propia medicina.

—¿Y qué cosas hacía Medusa?

—Vamos a ver, entre otras barbaridades —me lo invento descaradamente—, había cambiado los días de la semana, por eso ahora trabajamos tanto y descansamos tan poco; se había bebido todo el agua de los lagos para convertirlos en desiertos; y lo peor de todo, había privado a los animales de la facultad de hablar, por eso ahora viven separados de las personas.

—¿Y luego qué pasó?

—Uno de aquellos héroes, medio humano medio dios, de nombre extraño…

—¿Qué nombre? —exige.

—Se llamaba Perseo y viajaba en un caballo con alas que se llamaba Pegaso —hago memoria porque la mitología griega es tan embrollada que a menudo se me mezclan los nombres y los acontecimientos. Amàlia lo nota y sonríe, consciente de que estoy ganando tiempo para aclararme, aunque le da igual porque ya está inmersa en la historia.

—Venga, dime, ¿Y qué hizo entonces?

—Pues Perseo, harto ya de tantas diabluras, la quiso escarmentar. Y como Medusa era muy presumida, le convirtió los cabellos en serpientes —Amàlia se estremece, los reptiles le dan pánico—. Pero eran serpientes pequeñitas, como lombrices. Y ella, desesperada y enrabiada, empezó a arrancárselos uno a uno, o, mejor dicho, una a una.

—¡Qué daño!

—Y cada gota de sangre, al caer al mar, se convertía en una rama de coral: rojo, brillante y precioso. Por eso antiguamente los coraleros decían que iban a buscar los cabellos de Medusa —esta última parte me la invento, pero la mirada de mi hija justifica plenamente esta licencia.

La niña ya duerme. Quietud absoluta. Tomo el fresco con Bruc y Ham[1] tumbados a mis pies y una copa de vino en la mano. Poco a poco, con perseverancia, los ojos se van acostumbrando a la oscuridad y, ávidos como los de una alimaña

---

1   «Bruc» significa Brezo, y «Ham» significa Anzuelo (N.T.)

nocturna, empiezan a percibir matices en cada forma y en cada rincón. Los sonidos de la noche se van revelando, como un amante que se desnuda: el ladrido lejano de un perro, el cricrí cercano de un grillo, el rumor apagado de las hojas, que a veces se parece a una suave llovizna y en ocasiones recuerda el murmullo de algún animal mitológico. Voraz, inspiro con fuerza, y el aire me trae aromas de mar, de pinaza crujiente y de campos recién segados. Levanto la copa, huelo el vino, lo cato y me lo bebo hasta que me colma el paladar y estalla en mil sabores, volátiles, efímeros y al mismo tiempo contundentes y evocadores como las mismas palabras. Cierro los ojos y pienso en la conversación que mantuve hace años con mi editor. Sí, este es mi lugar en el mundo.

4

Según el censo de 1866, mi tatarabuelo Tomàs, por aquel entonces un bebé, vivía con su madre y con su abuela materna, llamadas ambas Helena, en la masía de la Heura. ¿Dónde estaba el padre de Tomàs, protagonista de la historia? ¿Había muerto? ¿Tal vez estaba desaparecido? El siguiente censo conservado, en cambio, de 1881, sitúa a la familia en Sa Tuna y Tomàs, que apenas cuenta con quince años, ya consta en los datos como pescador. Continúan habitando la casa los mismos miembros, además de Serafí Frigola, tío paterno de Tomàs y también pescador. En el Archivo no se conserva ningún censo anterior en donde aparezca la familia.

—No te desesperes —me ha dicho la archivera, que habla con un acento vagamente leridano—, puedes continuar la búsqueda en los archivos de la parroquia. A ver si allí tienes más suerte.

En toda la documentación inventariada sobre el coral, que es abundante y diversa, no aparece ningún nombre que pueda identificarse con el de mis familiares.

—Ten en cuenta que muchos de ellos iban a buscar coral de manera furtiva para no tener que pagar nada —me ha explicado—. Incluso los que cumplían todos los requisitos puede ser que no quedaran documentados o que se hayan extraviado los registros. La información histórica, sobre todo la local, suele ser muy fragmentaria.

—Al menos —le he dicho, para infundirme energía—, parece que el relato va avanzando.

5

He bajado hasta la playa de Sa Tuna para hablar con Vicenç Ferriol i Riera, uno de los últimos pescadores, ya jubilado, que restan en el pueblo. Un pueblo, como tantos otros, donde el turismo, poco a poco pero con una obstinación de fanático, ha ido devorándolo todo. Mientras me llevaba a dar una vuelta en una chalana, aquel hombre ya mayor aunque todavía fuerte, tieso como un cirio, con unos ojos casi orientales y unas manos siempre inquietas, iba deshilvanando recuerdos, sin mencionar nunca, sin embargo, los más oscuros. Ni los del padre, que se ahogó ante sus ojos sin que él pudiera socorrerle, ni del estraperlo, al cual tuvo que recurrir después para mantener a la familia, y que le costó noches eternas en el cuartel de la Guardia Civil, ni tampoco las palizas que le dejaron renqueante desde entonces. En los pueblos, lo que ya sabe todo el mundo no hace falta pregonarlo. En cambio, se le aviva la voz cuando nos relata que, de chiquillo, su abuelo le había contado que cerca de las rocas de Ses Armelles se cobijaba un lobo marino (el último que se vería en aquella cala) y por eso había corrido el rumor de que en la cueva de Sant Pau, donde los pescadores iban a orinar y a defecar, se ocultaba un monstruo que hoy ya es leyenda.

Amàlia, que ha escuchado al pescador sin parpadear, intentaba ahora sincronizar el movimiento de los remos mientras nos acercábamos a la cala de S'Eixugador.

—Darías más vueltas que una peonza, tal como remas —le ha dicho Vicenç.

La niña miraba, llena de curiosidad, el agua y le preguntaba al pescador el nombre de todos aquellos peces que nadaban cerca de la superficie.

—¿Usted sabe por qué mi bisabuelo se llamaba Espiridió? —le he preguntado, como si de repente hubiera recordado el principal motivo de mi visita.

—¿A qué te refieres? —ha dicho, un poco desconcertado.

—En casa se cuenta una historia sobre este nombre. ¿No la ha oído usted nunca?

Vicenç ha negado con la cabeza y yo le he resumido la historia familiar.

—Me he pasado toda la vida en Sa Tuna —ha dicho, cuando ya llegábamos a la playa—, pero es la primera vez que la oigo.

Ahora era yo la que estaba desconcertada y he bajado de la chalana con una sombra de decepción en los ojos.

—Mamá, ¿por qué siempre escribes cosas en un bloc? —me ha preguntado Amàlia, mientras descansábamos sobre unas rocas y Vicenç acababa de guardar la barca.

—Porque tomo notas para lo que estoy escribiendo y si no me lo apunto, luego se me olvidan cosas y me hago un lío.

—¿Y ahora qué libro estás escribiendo?

—Escribo uno, o quiero escribir uno, vaya, que habla de Espiridió, de la historia de su nombre y de otras cosas que todavía no tengo muy claras.

—¿Y vas a contar toda esa historia de la tormenta y de la isla donde fue a parar?

—Sí, quiero escribir la historia de Espiridió y de nuestra familia.

—¿Y yo voy a salir en el libro?

—Supongo que sí, pitusa —me he reído—. Pero ya te he dicho que aún hay muchas cosas que no tengo demasiado claras.

—¿Por eso has venido a hablar con este señor? —y ha buscado a Vicenç con la vista.

—Sí, porque pensaba que él me podría ayudar contándome cómo era antes la vida en esta playa.

—¿Y yo no puedo ayudarte a escribir el libro? —me ha preguntado Amàlia, al notar cierto desencanto en mi voz.

—Tú ya me ayudas en todos los libros que escribo.

—¿Yo? —ha dicho, curiosa y sorprendida.

—Sí —le he explicado, mientras volvía a guardarme el bloc en el bolso—. De hecho he empezado a escribir este libro porque tú me hiciste preguntas sobre la historia de Espiridió y ahora yo también quiero saber si todo eso es verdad.

—¿Y es verdad o no?

—Todavía no lo sé seguro, pitusa, pero voy buscando pistas y, quién sabe, a lo mejor al final lo descubriré.

6

Se llamaba Eladi Frigola i Busquets y nació en Sa Tuna el sábado 25 de mayo de 1839: fue el protagonista de una aventura que iba a marcar a las futuras generaciones de la familia. Murió también en Sa Tuna el jueves 15 de abril de 1869, a causa de un «acceso», según consta en el certificado de defunción.

Los archivos de la parroquia, que contienen información insospechada, encadenan a mis antepasados en partidas de nacimiento y libros de óbitos: Eladi Frigola era el padre de Tomàs y el abuelo de Espiridió. He aquí, respectivamente, un retatarabuelo, un tatarabuelo y un bisabuelo míos.

En una estancia que huele a hojas secas, mientras el cura guarda aquellos volúmenes tan gruesos, se me hace evidente una conclusión: la historia oral es falsa. O, como mínimo, resulta muy inverosímil que un hombre con menos de treinta años pudiera estar a punto de ser abuelo.

—A lo mejor Eladi hizo una especie de juramento a largo plazo, pues solo tuvo un hijo: Tomàs —le he dicho al cura, como si él estuviera al corriente de la historia y me pudiera ofrecer alguna solución milagrosa. Su mirada inexpresiva ha hecho que me ruborizara y me he despedido precipitadamente.

7

—La historia de Espiridió es mentira —he dicho con un deje irónico, con una media sonrisa, para quitarle trascendencia, justo en el momento en que mi madre acababa de abrir la puerta de casa.

Se ha producido un silencio artificial, forzado. Mi madre me ha precedido y se ha sentado en el banco de la cocina. En el sofá del comedor, mientras Amàllia dibujaba, mi padre veía por enésima vez una de sus películas del Oeste (él las llama «de indios»).

—Vaya por Dios. ¿Y por qué dices eso? —el tono de mi madre era pícaro y escéptico al mismo tiempo.

—¿Te acuerdas de que te conté que quería completar el árbol genealógico? Pues me he encontrado con que Eladi, a quien se supone que le pasó todo aquello, murió antes de los treinta. ¿Cómo puede ser, entonces, que hablara de su nieto? Eso no tiene ni pies ni cabeza.

Nuevo silencio.

—Y tenían que ir a buscar coral en vez de ir a pescar —he proseguido yo, con afán de cuestionarlo todo—. Porque, de otra manera, no se entiende que fueran a parar tan lejos. No sé, todo es muy poco claro, muy embrollado, ¿no te parece?

—A mí siempre me habían contado que había salido a pescar y que el temporal se lo había llevado mar adentro, pero tienes razón en que pudiera muy bien ser que saliera en busca de coral. Piensa que antes la gente usaba la expresión «ir a pescar coral».

—Pero ¿y eso del nieto?

—Pues no sé qué decirte, hija mía. Pero yo me huelo que todo el mundo ha ido contando la historia a su manera y ahora vete tú a saber qué es verdad y qué no. Ni yo misma estoy segura de que me la contaran cómo te digo. Ahora ya tengo la cabeza como una olla de grillos y dudo de todo. ¿Ya has ido a hablar con el tío Baldiri?

—Le he llamado un pilón de veces —he dicho, enfurruñada como un crío—, pero no hay manera de dar con él.

—A lo mejor tiene el móvil apagado. Y, además, no para nunca en casa, todo el día va para arriba y para abajo. Un día de estos la va a diñar en alguno de esos viajes que hace con la cubana.

—Mamá, pero tiene que haber algún papel, alguna pista que nos ayude a demostrar que las cosas sucedieron de verdad —puedo ser muy insistente cuando es necesario—. ¿Seguro que no hay nada en casa que nos pueda echar una mano?

—¿Y aquel montón de cartas que recogimos de casa de la abuela cuando se murió? —ha dicho mi padre, que acababa de entrar en la cocina con Amàlia.

—Sí —ha confirmado mi madre—, hay un rimero de cartas que la yaya Neus tenía en la casa de l'Estartit, aunque no sé yo si te van a servir para nada. Además, las tengo guardadas Dios sabe dónde y creo que la mayoría son de cuando el abuelo Manel hacía la mili en Marina.

—Bueno, por echarles un vistazo no pierdo nada —he dicho—. ¿Me las buscarás, mamá?

—En cuanto tenga tiempo voy a por ellas, pero no me atosigues que ya te conozco.

—La yaya es tope enrollada —ha sentenciado Amàlia, mientras se preparaba la merienda con su abuelo.

—Sí, muy enrollada —ha comentado mi padre, levantado la vista hacia el techo—. Mañana ya me veo yo removiendo todos los armarios de la casa.

8

Una búsqueda bibliográfica y otra por internet me han enterado de que Espiridió proviene del nombre griego Spíridonas que significa «el que lleva una cesta». Espiridió, a quien se le atribuyen diversas proezas, fue un pastor que se convirtió en obispo de Chipre en el siglo XIV y cuyas reliquias se trasladaron a Constantinopla y después a la isla de Corfú, donde este nombre es bastante popular.

He accedido a una página web con fotografías de la playa de San Espiridió (Ágios Spíridonas, en griego) en Corfú: es una cala al abrigo de los vientos, de aguas cristalinas, pinos al borde del mar sobre rocas escarpadas. Casitas blancas, amontonadas sobre el puerto natural, dibujan un paisaje increíblemente parecido a muchas de nuestras calas. He intentado encontrar más información y fotografías, pero el buscador solo me llevaba hasta hoteles, apartamentos y casas de alquiler.

9

Celebramos el santo de Amàlia con una comida familiar. Amàlia también proviene del griego. Deriva del adjetivo *amalós*, que significa «tierno, débil, suave». Características que encajan con el físico de mi hija; no tanto con su carácter: fuerte, a veces beligerante y siempre obstinado. La enfermedad y el problemático nacimiento, que la tuvieron a las puertas de la muerte, me sugirieron un nombre eufónico, melodioso, ilustrativo de la situación que vivía aquella criatura vulnerable y desarmada.

El nombre se me ocurrió mientras revisaba las pruebas de mi segundo libro, que apareció después de cuatro años de silencio. Sospecho que en esa obra palpitaba una vez más, si bien de forma tenue, la influencia del bisabuelo Espiridió, puesto que los nombres de todos los personajes también ocultaban un simbolismo.

Bozo era mi primera novela: un libro parco, extremadamente depurado, con un léxico minimalista que contrastaba con los excesos del primero. Las críticas que se publicaron se podrían resumir en esta frase: «Pese a la irregularidad de la obra, algunas páginas auguran una nueva y potente voz de la literatura catalana». Vista con el tiempo, es una novela desigual, atrevida e innovadora en algunas propuestas pero forzada en algunas situaciones y juegos de lenguaje. Creo que era un libro en busca de estilo y en este sentido muy útil para mi evolución como escritora.

—Si no estás dispuesta a vivir en Barcelona y a moverte en ciertos ambientes, no vas a hacerte lugar en el mundo literario —me advirtió el editor.

Estábamos sentados en su despacho de la décima planta de un gran edificio de una gran ciudad. Yo sufría las molestias del embarazo, que me provocaba también constantes cambios de humor, y el contrato de publicación descansaba sobre la mesa. Los miré a ambos, editor y contrato, y sentí una mezcla de repugnancia, rabia y compasión por aquel hombre ambicioso y pagado de sí mismo que casi siempre me rehuía la mirada.

—Lo que quiero es hacerme lugar en el mundo —dije—. Y, precisamente por eso, no quiero vivir en Barcelona ni moverme en ciertos ambientes.

—Tú misma —me espetó, en el tono despectivo con que solía expresarse—, pero que sepas que así no vas a pasar nunca de ser una escritora de provincias.

Todos los escritores deben ser de alguna u otra provincia, pensé, pero como no me apetecía entrar en discusiones geográficas, silencié mi reflexión.

Me paseaba por las presentaciones con una barriga pomposa, los pies hinchados y segura de que la niña nacería en alguna de aquellas bibliotecas o librerías que visitaba. Una niña lanzada al mundo con una cardiopatía rarísima cuyo nombre he procurado olvidar y no he podido.

—A pesar de los avances de que disponemos hoy en día —me advirtió el doctor—, no podemos evitar que el bebé corra ciertos riesgos en el momento del parto.

El capricho de los genes había cargado en mi hija una enfermedad que seguramente era la culpable de muchas muertes prematuras en nuestra familia. Una enfermedad que, aun en tiempos de mis abuelos, era incurable ya que no se podía operar ni existía ningún tratamiento disponible. Sin embargo, la genética, tal vez buscando el equilibrio, había dotado a Amàlia de una tozudez vigorosa que le permitió aferrarse a la vida.

Me quedé embarazada después de una noche de excesos, en un momento en que el caos y la desesperación estaban asolando mi vida. Deseaba retener como fuera a un hombre que no me quería y que yo, en cambio, amaba dolorosamente, hasta la demencia, hasta el absurdo. Ya sé que el amor puede estimular grandes gestos, pero también te desprovee de ti misma, te vuelve estúpida, medrosa, vulnerable, te atenaza, te prende, te magulla y te anula. Cuando le dije que estaba embarazada, me miró con todo el desdén que pueden acumular unos ojos y me soltó que era una mala puta y una bruja y que no quería saber nada ni de la criatura ni de mí. Para que me quedase lo bastante claro, se marchó tan lejos como pudo, porque eso es lo que hacen los cobardes y los que creen que se puede huir de uno mismo. Y yo me encerré en casa durante días y días, tumbada en la cama, sin quitarme nunca el pijama ni el batín, sintiendo lástima de mí misma y pendiente de una llamada que no se produciría jamás. Me pasó por la cabeza abortar, dar a la criatura en adopción, marcharme también bien lejos y suplicarle que volviera a mi lado, pues ya no me quedaba ni una migaja de dignidad. Incluso me pasó por la cabeza tomarme, entero, aquel bote de pastillas que cada día veía en la repisa del baño, al lado de un espejo que me escupía una imagen contrahecha y estremecedora de mí misma.

Sin embargo, una noche, cuando ya no podía más, cuando estaba bordeando el abismo, me senté ante el ordenador y empecé a escribir un cuento sobre una mala puta, un cuento extremo y visceral, acerca de una prostituta yonqui y alcohólica que se quedaba preñada de un cliente del cual se había enamorado. Lo escribí de un tirón, como un vómito, como si me desgarraran la carne con cada palabra, pero al mismo tiempo liberándome en cada frase, fortaleciéndome en cada párrafo. Lo escribí casi en estado de alucinación o de delirio, hasta que me sorprendí a mí misma con las hojas impresas en la mano, retornada de otra vida, rescatada del averno. No había escrito nunca nada de esa forma ni en aquellas circunstancias. No había escrito nunca nada (y no he vuelto a escribirlo) tan salvaje y crudo, tan cercano y a un tiempo tan alejado de mí, tan cavernoso y sórdido.

Supe que tendría la criatura mientras revisaba el cuento. Ni tan siquiera fue una decisión consciente, se presentó de golpe, impetuosa e irrevocable. Cuando las ecografías empezaron a insinuar que la niña podía padecer una enfermedad cardíaca, no dudé ni un segundo en continuar adelante con el embarazo. Aquella enfermedad aun me volvía más decidida, más fuerte, más mala puta y más bruja. Aquella enfermedad de nombre extraño, a veces cruel y absorbente, me unió fuertemente a mi hija y me facilitó no solo el hecho de ser madre soltera sino también de cómo contarlo a la niña. «Yo no tengo papá, pero tengo dos mamás, ¿no?». Y me lo decía con tanta naturalidad, como si aceptara una especie de ley compensatoria que hacía justicia, que me entraban ganas de abrazarla y llorar. Pues lo cierto es que no habría podido salir adelante sin aquella segunda madre, que apareció cuando más la necesitaba, sin preguntas y sin reproches, y cuyos ánimos y generosidad me permitieron afrontar una situación que a menudo me superaba. «Gona, quien quiere la luna todo lo puede», recuerdo que me decía Rita, mientras me cogía de la mano durante aquellas angustiosas horas en la clínica.

El nacimiento de Amàlia me volvió más fuerte y me aportó una lucidez desconocida. De repente me zafé de todas las dudas que me paralizaban y comprendí hacia adónde había de dirigir mi vida. Decidí que mi hija debía crecer en el pueblo, jugando en la arena y nadando en las mismas calas o paseando por los mismos pinares donde sus antepasados se habían abierto camino más allá de la mar y bosque adentro. Unos antepasados que habían padecido hambre y frío, que habían pasado miedo bajo las tempestades y aprensión mirando al cielo, que perdían hijos acabados de nacer, que se quemaban la piel al sol y se destrozaban los bronquios en la oscura humedad de una barca, antepasados que envejecían prematuramente y morían demasiado jóvenes o demasiado agotados por tanta lucha. Y, con todo, yo quería permanecer en esa misma tierra y en esa misma mar, porque sabía que el aire puro y la brisa marina iban a fortalecer el desvalido organismo de mi hija. Deseaba criarla en plena naturaleza, porque no quería que viera árboles y pájaros, como la mayoría de chiquillos que pasan aquí las vacaciones, sino encinas y robles o abubillas y mirlos.

—En el fondo, idealizas la vida en el pueblo —me reprochaba Rita—. Te imaginas que tu hija será más feliz solo por el hecho de vivir aquí.

—No sé si va a ser más feliz —me defendía—. Aquí también va a caerse y a lastimarse, va a llorar y va a pelearse con los demás niños, pero al menos podrá aprender a ir en bicicleta por la calle y a nadar en cualquier playa siguiendo los consejos de sus abuelos. Aquí, la vida se vive a otro ritmo, todo pasa más despacio y eso te deja tiempo para mirar y para digerir todo lo que ves y todo lo que vives. Aquí el mundo es más pequeño y más próximo. Más humano. No quiero privar a Amàlia de todo eso.

Rita me miró cómo solo me mira ella y, como de costumbre, me retrató con sus palabras.

—Si te arrancaran de aquí y te trasplantaran a otro lugar, te marchitarías al cabo de una semana.

Al nacer mi hija, supe que mi vida había dado un vuelco, asumí que tendría que buscar el equilibrio entre las ventajas y las renuncias, que tendría que luchar cada hora de cada día. Y, pese a todo, presentí que iba a merecer mucho la pena.

10

—Empiezo a sospechar que la historia esconde algo —le he confesado a Rita.

—¿A qué te refieres?

—Pues a que me extraña mucho que Eladi y Helena, mis retatarabuelos, solo tuviesen un hijo, cuando en esa época era normal tener un montón. Además, si él quería cumplir el juramento, ¿para qué esperar a hacerlo con un nieto al que tal vez no llegaría ni a conocer? ¿No era más fácil tener otro hijo y ponerle el nombre de la tierra que le había salvado la vida?

—Sí, tienes razón. No había caído en ello. Por lo que me cuentas, todo esto parece ser una trama de familia y en las tramas de familia ya se sabe… la cosa se lía de mala manera. La historia se está volviendo más compleja, ¿verdad?

—Compleja y complicada, que son cosas distintas.

Y eso me obliga a cambiar el planteamiento narrativo, he pensado, pues aunque la historia se pueda contar a través de un narrador externo, no puedo cargar todo el peso de la obra en un solo personaje, sino que debo hacerlo desde varios prismas y (pero de eso todavía no estoy segura) también desde diferentes tiempos y lugares. Lo que tengo claro es que Helena no puede ser un personaje accesorio que, encerrada en la masía, como una Penélope ampurdanesa, se limita a esperar el regreso de su marido. Tengo que estructurar el relato a partir de dos (o quizá más) historias paralelas que acaben confluyendo, solo de esta forma se podrá entender la complejidad de las relaciones humanas que palpitan en la obra.

—Hay algo en este matrimonio —le he explicado a Rita, que me miraba expectante— que me parece raro, confuso, aunque solo se trata de una sospecha basada en intuiciones. Y se me está empezando a despertar una gran simpatía por Helena, una mujer que pierde el marido prematuramente y que tiene que salir adelante sola y con un hijo pequeño. Me despierta esa empatía que tú siempre me comentas y que, a veces, me pilla desprevenida y me acerca a la otra persona hasta sentir sus sufrimientos como propios.

Rita ha asentido con la cabeza, en silencio, mientras acariciaba a Ham. Si hoy en día es difícil para una mujer subir sola a una criatura, cavilaba yo, no podía ni imaginarme cómo tenía que ser en la época de mi retatarabuela, con las carencias, los tabús y una moralidad patriarcal, religiosa y oscura que la asfixiaba.

—¡Tela marinera, qué mujer más fuerte debía de ser! —ha dicho ella, como si sacase la conclusión de mis pensamientos.

La conversación con Rita ha avivado mi impaciencia y, tan pronto como se ha ido, he llamado a mi madre para ver si ya había encontrado las cartas.

—Nena, ya te dije que te les buscaría y te llamaría cuando las encontrara —me ha reñido, como cuando era chica—. No te apures. He buscado en los cajones del canterano y ahí no están, o sea que ten paciencia hasta que pueda echar un vistazo a los armarios de arriba.

—¿Quieres que te eche una mano? —me he ofrecido. Mis padres viven en una casa de tres plantas y he pensado que podría tardar siglos en encontrarlas.

—¿No tenías que ir a hablar con Joaninc? —me ha preguntado.

—Sí, a las cinco y media.

—Pues despabílate, que te van a dar las uvas. Además, tampoco tendrías tiempo de echar un vistazo a las cartas,

¿no te parece? Mira, hoy estoy muy atareada pero mañana por la mañana me pongo otra vez a ello. ¿Vale?

—Sí, mamá —ojalá mi propia hija fuera tan complaciente, he pensado.

—Oye, Amàlia dice que se quiere quedar a cenar —me ha dicho, en un tono más relajado—. Voy a preparar una ensalada y el puñado de cabrillas que pescó ayer tu padre. ¿Te apuntas?

—Ya lo creo que sí. Si hay cabrillas, no me pierdo la cena. Traeré una botella de vino, de esas que le gustan a papá.

—Venga, hasta luego, entonces —se ha despedido—. Y dale recuerdos a Joaninc, ya sabes que quería mucho a los abuelos. ¿Te vas a acordar?

—Sí, sí. No te preocupes —he dicho para tranquilizarla—. Adiós.

11

Joaninc es el nombre con el que todo el mundo conoce a Joan Rovira i Solei, un pescador de l'Estartit, la playa de las sirenas, que yo frecuentaba de niña para visitar a mis abuelos y bañarme hasta que el sol peinaba los últimos rincones de la cala del Molinet.

—Chica, la primera vez que me has llamado estaba en la guardería —me ha dicho para disculparse.

Yo he permanecido callada, refugiada en la prudencia, pues no sabía si hablaba en serio o se estaba pitorreando de mí, como tan a menudo se pitorreaba cuando era pequeña.

—Sí, mujer —se ha explicado, después de reírse—, estaba en el centro de mayores. Yo lo llamo así, porque cuando envejecemos, nos volvemos como críos.

Joaninc habla con la jerga marinera, con el acento genuino de los últimos pescadores y me va regalando palabras que yo, hechizada, me apresuro a anotar en mi bloc por miedo a que se esfumen en el olvido.

Aunque le sonaba vagamente la historia de mi bisabuelo Espiridió, no me ha podido aportar ningún detalle nuevo sobre el relato. Charlaban a menudo e incluso habían compartido anécdotas en la mar, pero ni mi bisabuelo ni mis abuelos le habían comentado nunca nada acerca de aquel naufragio ni de aquel juramento.

—¿No sabe entonces por qué le pusieron Espiridió? —he preguntado por preguntar.

—En casa de tu bisabuelo todos tenían nombres bastante raros —me ha dicho, como si eso ya lo explicara todo—. No sé yo a quién se le debían de ocurrir.

De muy chico, Joaninc había visto a los coraleros griegos que, equipados con escafandras, extraían el coral de los recovecos más peligrosos y después iban a la taberna que sus padres regentaban en l'Estartit. Todavía se acordaba de verlos bailar para desahogarse de la tensión de aquel trabajo y de la juerga que armaban cuando el alcohol les subía «más allá del juicio».

—Levantaban las piernas y los brazos, como los pulpos, y bailaban hasta desriñonarse —me ha dicho, ilustrándolo con un movimiento de extremidades. En esos momentos incluso he llegado a pensar que mi bisabuelo podría ser hijo de un coralero griego.

En aquella taberna de l'Estartit también se reunían los viejos pescadores de las cercanías que habían ido a buscar coral a tierras muy lejanas. Joaninc les oía contar sus aventuras, especialmente en las islas de Cabo Verde.

—A veces soltaban alguna trola muy gorda, empero como yo era un mozalbete me lo creía todo y los escuchaba con la boca abierta. Me contaron que un buen día estaban comiendo y que de golpe y porrazo todo empezó a moverse, platos y vasos salieron volando y ellos dieron con sus huesos en el suelo. Resulta que estaban encima de una ballena. Ya ves tú qué disparares —y ha soltado una de sus risas francas y ruidosas.

—Cómo debía usted de chacotear allí en la taberna —he dicho, compartiendo su entusiasmo.

—Tú dirás, aquello era de primera, chica, mejor que ir al cine. Además, aprendía más cosas allí que yendo a la escuela, que no me gustaba ni gota.

La sombra iba ganando terreno a la playa, mientras Joaninc se regocijaba contando vivencias que le retornaban a l'Empordà de su juventud, cuando las casas todavía no se cerraban con llave y solo hacía falta echar un silbido o un grito para que todos los vecinos se ayudasen. Y, así con todo, sus manos duras y nudosas, la piel requemada y los ojos fatigados, delataban la vida áspera y azarosa de los pescadores.

—He leído en alguna parte que los coraleros de Begur estaban considerados como los mejores del mundo —le he dicho, para rescatarlo de unos recuerdos que no sabía si le resultaban placenteros o dolorosos—. Incluso aparecen en un canto del *Canigó* del poeta Verdaguer.

—Sí, a lo menos hay que reconocer que eran los más atrevidos —ha reaccionado en seguida—, porque se ve que se aventuraban por espeluncas y grietas por las que nadie se atrevía a aventurarse. Incluso existía un dicho: «Los de Begur son bacanards [2] que van a buscar coral a la Brama».

—¿Y eso de la Brama, Joaninc, por dónde cae?

---

2   Expresión popular con que se conoce a los habitantes de Begur (N.T.)

—La Brama es un canal muy hondo que va desde del cabo de Begur hasta los Tres Pins de Calella —me ha aclarado—. Y cuando salían de ese canal, que debía ser como meterse en el mismísimo infierno, o cuando volvían de las expediciones, iban a la parroquia, donde se encuentra la Virgen del Coral, y le llevaban las mejores ramas para halagarla y darle las gracias.

—¡Ahí es nada! Pues sí que tiene historia todo eso del coral —he dicho, abrumada por tantas novedades.

—Sí, ya lo ves. Y eso no es todo —ha añadido él, en un tono confidencial—: los bancos de coral eran como los rodales de setas o como las señas de los pescadores, eran secretos que los patrones se iban pasando de padres a hijos. Dejaron las islas Medes tan peladas, que la final tuvieron que irse cada vez más lejos en busca de coral.

Si bien he pasado una tarde agradable conversando con Joaninc, la suposición de que mi bisabuelo fuera hijo de un coralero griego se desvanece de inmediato: ¿para qué ponerle un nombre tan chillón si pretendían ocultar su origen ilegítimo? ¿O tal vez lo adoptaron? He hecho todas las conjeturas posibles, aunque todas ellas fallan por alguna parte. Estoy desconcertada, pues no creo que la historia familiar sea una mistificación, pero tampoco veo la manera de justificarla teniendo en cuenta los datos que he podido reunir hasta el momento.

12

Al salir del trabajo me he pasado por casa de mis padres para recoger las cartas de la yaya Neus.

Mi madre me esperaba, casi oculta entre sus flores lozanas, con una de sus sonrisas rutilantes que viene a decir: «¿Ves cómo las he encontrado? Y tú que siempre me dices que guardo demasiados trastos». Una vez más las cartas, he pensado yo.

Hará cosa de un par de meses, sin esperármelo en absoluto, ya que estaba convencida de que se habían perdido en algún traslado, encontré, traspapeladas bajo una pila de revistas viejas y apuntes de la universidad, un pliego de cartas mientras ordenaba el garaje. Al primer vistazo ya supe de qué se trataba: eran las cartas que escribía a los Reyes Magos de pequeña. Mi madre se había dedicado a guardarlas porque decía que ya auguraban mi vocación literaria.

—Con tu padre siempre comentábamos que ya tenías madera de escritora —me dijo el día que me fui de casa de mis padres y me las regaló, ligadas con una cinta y metidas en una caja que había pintado ella misma, sin que yo hubiera sospechado nunca nada de nada.

—Sí, debías de ser la única niña del mundo que les contaba de cabo a rabo por qué necesitaba cada juguete —dijo mi padre, socarrón.

—Y la única niña del mundo que les volvía a escribir reclamando todo lo que no le habían traído —añadió mi madre.

Lo más irónico es que aquellas cartas ya presagiaban también el trabajo con el que acabaría ganándome la vida: cartera.

He intentado ordenar las cartas de la yaya Neus (tres cajas llenas hasta los topes), pero voy a tardar una eternidad en leerlas todas. Quiero proceder sistemáticamente, pese a la falta de costumbre, para no saltarme ninguna información relevante. Se me ha hecho tarde, sin embargo, y he abandonado la tarea dejando la mesa del comedor toda repleta de pilas de cartas. «Todo el día entre montones de correspondencia», he pensado, antes de irme a la cama.

13

El montón de cartas que me ha dado mi madre contiene correspondencia de diversas generaciones entre la cual surgen, de vez en cuando, recordatorios de bautizos, comuniones o bodas, además de esquelas mortuorias y calendarios de bolsillo. Las más numerosas son las que escribió mi abuelo a mi abuela mientras hacía la mili en el Ferrol, ya que le mandó casi una por semana. Abundan también las cartas de Comandancia de Marina dirigidas a mi bisabuelo Espiridió, así como facturas y recibos de utensilios de pesca y de la venta de pescado. Del tatarabuelo Tomàs no hay ninguna carta, sea porque no las guardaba o sencillamente porque se han extraviado. Hay correspondencia de personas desconocidas, al menos para mí, que no sé qué vínculo tienen con la familia. Sin embargo, los documentos que han de darme la clave para resolver el rompecabezas son los que se refieren al retatarabuelo Eladi, que forman un pequeño pliego atado con un cordel.

He emprendido su lectura con una ilusión que bien pronto se ha transformado en desencanto. La mayoría de papeles son facturas, recibos y otros documentos comerciales tanto de Sa Tuna como de las actividades agrícolas de la masía de la Heura. El resto son largas listas de material de pesca, de peces capturados o anotaciones de señas (dónde encontrar las mejores langostas o los mejores bogavantes). Los formulismos de la época, la caligrafía endemoniada y la falta de criterio ortográfico dificultan todavía más su lectura. He dejado de revolver papeles y he salido al jardín a jugar con los perros.

No sé qué esperaba encontrar en ese montón de papeles amarillentos. Tal vez me ha traicionado el espíritu de Gona, como diría Rita. A lo mejor el tiempo ha convertido el relato familiar en una herencia genética —como un lunar en la nuca o los ojos almendrados— que nadie se ha visto en la necesidad de contrastar. Lo peor del caso es que la narración de los hechos, aunque insólita, es verosímil y por eso cuesta mucho más abandonar el deseo de verificarla. Por otra parte, si el relato es ficticio, a pesar de su sencillez está bien tramado y fuera quien fuese que se lo inventara se tomó la molestia de informarse y convertirlo en una historia plausible.

He regresado al comedor. Con toda la indolencia de una escritora disgustada, he empezado a recoger las cartas y a meterlas ordenadamente en las cajas. Oscurecía. He encendido la luz. Me he preparado un te frío. Cuando colocaba la correspondencia de personas desconocidas en una misma pila, una palabra me ha llamado la atención. Coral. Sí, claramente ponía «coral». Me he exaltado: una sacudida del estómago al corazón, procesada por el cerebro. He buscado la firma al final de la página: Salvador Casas. En el reverso, aunque con mucha dificultad, pues la tinta casi se había borrado, he podido leer a quién iba dirigida: «Al (?) Eladi Frigola i Busquets. Puerto de La Tuna. Bagur». He pensado diez mil cosas al mismo tiempo, inconexas, como chiribitas de luz.

La carta está fechada el 14 de agosto de 1865 en Palamós. Salvador Casas propone a mi retatarabuelo Eladi formar parte de una expedición de coral a Djerba.

14

Aunque no sabía ubicarlo en el mapa, el nombre de Djerba me resultaba familiar. He consultado uno de los libros sobre el coral que saqué prestado de la biblioteca y he descubierto que se trata de una isla situada al sudoeste del golfo de Gabes, muy cerca de la costa tunecina, y que perteneció a Cataluña.

—¡Quién iba a decirlo, nosotros un país imperialista! —le he dicho a Rita, que ha venido a cenar para compartir el descubrimiento de la carta.

En internet, Djerba es sobre todo un destino turístico con exuberantes palmeras, mercados artesanos y hoteles que imitan con poca destreza el lujo oriental. Los coraleros la consideraban una isla maldita, aunque repleta de coral, con escarpaduras de difícil acceso, arrecifes traidores e indígenas hostiles que se atiborraban de dátiles. Para mí es una palabra que sugiere un lugar misterioso y remoto, fascinador y estimulante; es una tierra literaria, fantástica y real a la vez, que fortalece y sustenta el periplo de mi retatarabuelo Eladi y explica el nombre de mi bisabuelo Espiridió.

—Gona —me ha dicho Rita, con su estilo vehemente—, esto pinta la mar de bien. Ahora solo necesitas dedicar un poco más de tiempo a la escritura y va a salirte una historia redonda.

Cenábamos un dentón al horno que había pescado mi padre y bebíamos un charelo excelente, herbáceo y con matices cítricos, que había traído Rita. Parecía la noche perfecta.

—No es tan fácil, Rita —le he dicho, mientras iba sacando las espinas del pescado—. Hay muchos puntos negros y de momento aún no he encontrado el tono con el que quiero contar la historia.

—¿Qué tono?

—Pues eso, el tono. Quiero decir la voz, la mirada, el enfoque, el ritmo… No sé, un montón de cosas. Ni yo misma sé cómo definirlo. He hecho pruebas, pero no he dado con la fórmula que me convenza.

—No me vengas con romances —me ha soltado—. Tú ya tienes la carta que demuestra lo que buscabas, ¿verdad? ¿Qué más quieres?

—Me gusta mucho esta expresión —la he cortado.

—¿Cuál?

—«Venirle a uno con romances», me parece preciosa.

—Me la enseñó tu madre —me ha confesado—. Esta mujer es como un diccionario y tiene una memoria impresionante. ¿Sabes lo que me dijo el otro día?

—Cualquier cosa.

—«Chica, cada día hablas mejor. ¡Quién lo hubiera dicho cuando llegaste a Begur!»

—Sí, mi madre es así: un magnífico ejemplar de consciencia lingüística. Además tiene la virtud, o quizás el defecto, de decir lo que piensa.

—Sí, eso debe de venir de familia —ha dicho Rita—, porque tú tampoco te quedas corta.

—La verdad es que hablabas con un acento *xava*[3] que daba náuseas. Parecía que no pudieras cerrar la boca —la he provocado—. Y para colmo tardaste más de un año en distinguir un calabacín de un pepino; por no hablar de tu vocabulario…

—Lo que pasa es que me teníais manía porque venía de Barcelona. Os creéis que todos los de ciudad somos iguales.

—Sí, y vosotros os creéis que todos los de pueblo somos unos zopencos que vivimos aún en la Edad Media.

—De acuerdo —ha sonreído Rita—. Lo admito, pero solo porque la palabra *zopenco* es mi debilidad.

---

3   Habla de ciertos sectores urbanos con influencia del castellano, caracterizada por la abertura de la vocal neutra átona y el ensordecimiento de las consonantes sibilantes sonoras (N. T.)

—Está bien, y yo admito que te tenía tirria solo porque eras de Can Fanga [4]. Ya ves, chica, todos tenemos que cargar con la cruz de nuestros clichés.

—Y yo también te tenía tirria, Gona. Con todas esas palabrejas que no había quién te entendiera. Y cuando conocí a tu madre, aún fue peor. Yo creo que lo hacíais adrede para tocarme las narices.

Hemos estallado en carcajadas, confesarnos la mutua ojeriza que nos teníamos es un clásico de nuestras conversaciones. Las amistades se sustentan, también, en los recuerdos compartidos y en las complicidades a prueba de silencios y distanciamientos. A las dos nos ha venido a la cabeza la misma imagen.

—¿Te acuerdas del primer día que hablamos, cuando nos echaron de la clase de historia? —ha preguntado ella.

—Ya lo creo que me acuerdo.

De golpe y porrazo, me he visto de nuevo con Rita, riendo como un par de bobas en el pasillo del instituto, vestidas con aquellos enormes pañuelos hippies, chillones a más no poder, y aquellas pesadas botas que ahora no nos pondríamos ni para disfrazarnos. Desde aquel día nos hicimos inseparables y, poco a poco, a medida que compartíamos gustos y deseos, desazones y manías, se iban desmoronando los prejuicios que teníamos la una de la otra.

—¿Dónde estábamos? —me ha preguntado Rita, al cabo de un buen rato—. Ah, sí, te comentaba eso de la carta de tu retatarabuelo: ya demuestra todo lo que buscabas, ¿verdad?

---

4   Expresión peyorativa con que se denomina a los veraneantes barceloneses en ciertas zonas de Cataluña (N.T.)

—La carta —le he objetado— todavía no demuestra nada. No tengo ninguna prueba de que Eladi se embarcara en aquella expedición.

—Vale, pero la carta corrobora la historia que se contaba en tu casa. Entonces ya puedes estar casi segura de que Eladi se fue con el tal Casas en busca de coral. El resto de la historia lo mismo te da. Quiero decir que los detalles que te falten te los puedes inventar, pues precisamente imaginación no te falta. Ahora ya sabes que lo que te habían contado de niña es cierto. Trauma infantil superado.

La he mirado de hito a hito, como tantas otras veces desde que nos conocemos: atónita, divertida y pretendidamente severa. Las dos hemos cogido la copa de vino a la vez, como si necesitáramos agarrarnos a alguna parte.

—Está bien —ha admitido ella—, ya sé que no es tan fácil, pero solo quería animarte porque estoy convencida de que vas a encontrar la manera de desenredar la historia y salir adelante. Como siempre, vaya. Ya tengo ganas de que me pases el texto.

—Cuando tenga el primer borrador como Dios manda, te lo pasaré en seguida; pero piensa que aún me queda mucho trabajo por hacer.

Nos hemos quedado en silencio un rato. Ella con la mirada fija en la copa, yo en un punto indeterminado de la penumbra del jardín. Bruc y Ham ladraban y se perseguían, juguetones, entre los árboles.

—Estas cosas solo pasan en tu familia —ha dicho ella finalmente, con una sonrisa.

—¿El qué?

—Pues eso, que un antepasado se pierda en un naufragio y ponga el nombre al hijo o al nieto o a lo que sea. Sois una familia literaria.

—¡Qué más quisiera! —la he contradicho, después de terminarme el vino de un trago, gozosa, pues sabía que, en el fondo, Rita tenía razón. O más bien yo me moría de ganas de que tuviera razón.

15

He releído la carta del capitán Salvador Casas a mi retatarabuelo Eladi, buscando detalles que me ofrezcan una nueva vía, una rendija, un puente. El contenido de la carta deja claro que Casas y mi retatarabuelo no se conocían personalmente, sino que el contacto se produce a través de Jeroni Ferrer, vecino de Palafrugell y pescador de Calella, con quien Eladi había ido a menudo a buscar coral. Es precisamente Jeroni Ferrer quien recomienda a Casas la contratación de mi retatarabuelo puesto que le considera un coralero experto y «muy valiente». Parece ser, también, que Ferrer ya había formado parte de alguna expedición de coral dirigida por el capitán Casas y que mi retatarabuelo, en cambio, no se había embarcado jamás en una aventura semejante. El tono del capitán me sugiere (o pretendo que me sugiera) que esta campaña tenía algo de especial: en primer lugar porque Casas busca marineros nuevos que sobresalgan por su osadía y, en segundo lugar, porque ofrece grandes perspectivas de ganancia como cebo.

Existen un montón de expediciones, tal como me contó la archivera de Begur, que no están documentadas y que tal vez se llevaron a cabo de forma ilegal o furtiva para eludir los costes notariales y el pago de tasas; además de muchas otras que deben de haberse extraviado. Las probabilidades de que pueda armar una historia conexa, documentada y mínimamente creíble son, hoy por hoy, casi nulas. Bien mirado, no tengo nada de nada. Tan solo una miserable carta, que quizás me ha llevado a concebir más esperanzas de lo que era razonable.

Para engañar a esa comezón que me persigue y acotar el relato, he dedicado la tarde a reelaborar un esbozo de la historia y una cronología sucinta de los hechos. Algunas de las fechas tendrán que ser aproximadas, aunque no creo que se alejen demasiado de la realidad pues el margen de maniobra es estrecho. Mi retatarabuelo Eladi nace en mayo de 1839 y muere en abril de 1869. Su hijo Tomàs nace en diciembre de 1865 y en agosto de ese mismo año Eladi recibe la propuesta del capitán Salvador Casas para unirse, en octubre, a la expedición de coral a Djerba. Así, pues, los acontecimientos esenciales de la historia se producen entre agosto de 1865 y abril de 1869. Por otra parte, el cambio de residencia en los censos, de la masía de la Heura a la playa de Sa Tuna, me lleven a creer que algún hecho trastornó la vida de la familia y los obligó a este cambio de domicilio: la muerte o la desaparición de Eladi, con toda probabilidad.

El ruido del móvil, con la musiquilla que escogió Amàlia, me ha distraído del trabajo. El tío Baldiri ha regresado de Tenerife y hemos quedado para vernos mañana.

—Sí, mi alma, estaba descansando de la panzada de trabajar que me pego —ha ironizado.

16

Como un indiano decadente y abúlico que no supiera cómo consumir su fortuna, el tío Baldiri se abanicaba con un sombrero blanco, sentado en una especie de columpio, la camisa toda desabrochada y los cabellos despeinados por una siesta generosa.

—¿Qué, chicas —nos ha recibido, con su voz de doblador de películas—, os habéis tropezado con la serpiente del Puigcalent? Dicen que con la calorina vuelve a pasearse por estos andurriales.

Amàlia me ha mirado despavorida y yo la he cogido de la mano.

—Ya sabe usted que siempre se esconde cuando ve a gente a la que no conoce, ¿verdad? —le he dicho, guiñándole un ojo.

—¿Esta señorita es Amàlia? Por Dios santo, cómo ha crecido —Le ha pasado la mano grande y blanda por el cabello, con una de esas sonrisas seductoras que tan bien le salen—. Estoy seguro de que ya no le dan miedo las serpientes y menos aún ésta, que cuando yo era un mozuelo ya era vieja.

Me ha puesto al corriente de sus últimos negocios y proyectos, cada uno más disparatado que el anterior, y ha insistido en que probase un licor que prepara su mujer, que en aquellos momentos había salido de compras.

—Coño, estos cubanos sí que saben vivir, y no como nosotros, que nos pasamos todo el día trabajando, dale que te pego, cabreados y refunfuñando —me ha dicho, después de un largo trago—. La gente a lo mejor se piensa que yo soy tonto, pero no tengo ni un pelo de tonto: ya sé que ella se casó conmigo para salir de Cuba. Allí los tienen atados de pies y manos, no te creas. Aunque, eso sí, se pasan todo el santo día cantando y bailando, y el ron se lo beben como el agua. A mí ya me va bien, oye; tengo a alguien que me hace compañía y, quieras o no quieras, cuando te rodeas de gente joven tú también te vuelves un poco más joven. Pero me has dicho que querías hablar de Espiridió, ¿eh que sí? Me acuerdo muy a menudo de él. Era una bellísima persona. Creo que es el único de la familia con quien no me cabreé nunca. No, y también con tu abuela Neus, en paz descanse, que era un pan bendito. Pues eso, chica, Espiridió era un sabio, que te lo digo yo. Se pegaba unos hartones de leer que no veas y conocía todos los rincones del mar y de la tierra. Igual que una enciclopedia, era el home. Yo ya se lo decía: «Madre del amor hermoso, tío, si hubiera usted podido estudiar de joven sería ahora un as, una eminencia. Pero, chica, eran otros tiempos y bastante teníamos con ganarnos el pan. ¿Y qué más querías saber, pues?

He aprovechado el turno de palabra y le he preguntado por sus recuerdos de la masía de la Heura y del tatarabuelo Tomàs.

—Sí, lleva razón tu madre, trabajé de jornalero en la masía. Por cierto, ¿cómo está? Me la encontré poco antes de las navidades comprando pescado en el mercado de Palafrugell. Había una pescadera que la quería timar y venderle pescado de vivero como si fuera de palangre y encima fresco; pero tu madre es más lista que el hambre y al final le sacó los colores a la cara. Eso que te contaba, cuando yo era joven la masía de la Heura era propiedad de una gente de Pals y la llevaban unos masoveros de Esclanyà que no tenían hijos: Pepet y Carmeta Nap[5], como los llamaban, que en paz descansen. Eran dos almas de cántaro, aunque muy buena gente. Yo fui un par de veranos a la trilla del trigo y algún que otro año a la vendimia, pero después ya comencé con el negocio de la leña y solo iba a la masía de vez en cuando, sobre todo durante la temporada de caza. Ahora que me acuerdo, habíamos coincidido algún día con tu abuelo Manel, que Dios lo tenga

---

5   «Nap» significa nabo (N.T.)

en su gloria, que siempre estaba de guasa. Luego, cuando se murieron Pepet y Carmeta Nap, la masía se quedó medio abandonada y desde entonces que me creo yo que no vive nadie allí. Espera, miento, al cabo de muchos años se instaló en la casa un matrimonio de andaluces o de murcianos; en fin, el caso es que duraron cuatro días contados. ¿Has pasado por allí últimamente? Todo está en ruinas, ¿verdad que sí? Es una lástima, porque era una de las mejores masías que había entonces por aquellos aledaños.

Le he cortado cómo he podido, pues parecía un poco reticente a hablar de su abuelo materno, es decir, de mi tatarabuelo Tomàs.

—Perdona, chica, pero con la edad uno se va de una cosa a otra. Ya sabes que a mí siempre me ha gustado mucho charlar. Pues ya que lo mientas, mi abuelo era un poco especial, la verdad. Nunca tuve con él demasiada relación, porque éramos como el día y la noche. A mí me gustaba darle a la lengua y la jarana y reírme; y él era un hombre callado, como mustio, que parecía amargado de la vida. ¿Has visto alguna foto suya? Luego te busco una. Yo creo que tantas criaturas no le dejaron tiempo para ser feliz y por si fuera poco mi abuela Fina era bastante machacona y como un sargento, todo el santo día dando órdenes y pegando gritos. No tengo muy buen recuerdo de ellos, si te soy franco. No quiero decir con eso que fuera mal hombre, ni ella mala mujer, todo lo contrario, pero hay caracteres que no pegan ni con cola y no hay nada que hacer, por muy familia que seas. Su vida era trabajar y trabajar, nunca iba al café y a duras penas se movía de Sa Tuna. Ni en la fiesta mayor se le veía, al hombre. Ya me dirás tú qué clase de vida es ésa.

Le he puesto al corriente de mi intención de escribir un relato y de la información que había encontrado hasta el momento.

—Nada —me ha dicho, en un tono enérgico—, esta historia es un cuento chino, alguien de la familia la pregonó a los cuatro vientos porque le convenía, pero en el fondo es una merienda de negros. Una cosa es que tuviéramos antepasados que se fueran a buscar coral Dios sabe a qué rincón de mundo y otra es esta gilipollez del juramento y el nombre de Espiridió y toda esta mandanga. Lo que yo te diga, duros a cuatro pesetas.

En parte, pues, el tío Baldiri y yo compartíamos una misma sospecha, a pesar de que yo no me mostraba tan convencida ni radical.

—No me preguntes por qué —ha continuado él—, pero siempre he tenido el barrunto que había gato encerrado, algún trapo sucio que nadie quería airear. En todas las familias hay trapos sucios, no te creas, y el que piense que en su casa todo es agua clara, pues peor para él, porque cualquier día se va a dar de bruces con la verdad y entonces a buenas horas mangas verdes.

Curiosamente, este era uno de los temas que yo había tratado en mi último libro, *La doble verdad*. Una familia que vivía una doble vida, intentando borrar un pasado doloroso e incapaces de enfrentarse a un presente de decadencia y a un futuro sombrío. Quizás tenía razón mi madre, y el tío Baldiri y yo compartíamos algunas fijaciones y la necesidad de contarlas con palabras.

Le he comentado mis dudas acerca de la historia y la determinación de seguir con la búsqueda a pesar de todo.

—Sí, mujer, tú no te detengas, que de aquí va a salir alguna cosa buena, ya lo verás. Aunque a lo mejor nos meterán a todos en la cárcel cuando lo escribas, a mí el primero —se ha reído, volviéndose a abanicar con el sombrero y columpiándose ligeramente—. Yo ni sabía cómo se llamaba el padre de mi abuelo Tomàs. ¿Eladi, me has dicho? Él no hablaba nunca de su padre, era como si no tuviera ningún recuerdo de él. Ya sé que se cuenta que fue ese hombre, este tal Eladi, el que sufrió toda esa peripecia, pero… Además, ¿No me has dicho que murió joven? ¿Ves como todo huele a chamusquina? Lo mismo da, chica, tú *palante*, a lo tuyo, a ver qué pasa. Tú has heredado el talento de tu bisabuelo y él estaría encantando de ver el trabajo que haces, se le caería la baba si viera que tenemos una escritora en la familia. Ya sabes que en esta familia andamos un poco cortos de cerebro y de empuje, para decirlo de una manera fina. Y ya sabes que yo soy el loco de la familia, sí, no te rías; aunque a mí me la trae floja, porque yo canto las verdades a la cara, caiga quien caiga. ¿Sabes que cuando me casé con Lucinda hubo algunos familiares que dejaron de hablarme? Pero, vaya, a mí me la suda y me trae sin cuidado porque toda mi vida he hecho lo que me ha salido de las narices, por no decir de otra parte, y ahora, en plena vejez, no me van a cambiar, ¿no te parece, chica? Todo eso son envidias, porque la mayoría de la gente son unos desgraciados que no saben vivir la vida. ¿Y sabes tú lo que es la vida? La vida es esto —y ha extendido los brazos como si quisiera abarcar todo cuanto le rodeaba—. La vida es un tango y el que no sepa bailarlo que se apañe, y a quien le pique que se rasque.

A Amàlia y a mí se nos escapaba la risa, pues el tío Baldiri posee un don para expresarse: una oratoria que sazona con el punto justo de histrionismo.

—Ya puedes reírte, ya, mi alma —ha continuado, después de haber silbado un tango y riéndose él también—, porque eso es todo lo que nos da la vida y todo los que nos llevamos con ella. Yo siempre he tenido el oído despierto y he escuchado muchas cosas que los demás no saben que sé. Pero tú rasca, escarba, busca, porque estoy seguro de que al final vas a encontrar petróleo. ¿Te parece a ti que te sirvo de algo? Chica, con la edad que tengo y con todo lo que he vivido, aun gracias que no suelto más dislates.

De alguna manera vaga, pero decidida, el tío Baldiri, la oveja negra de la familia, sin duda me había ayudado. Y ahora se abanicaba de nuevo y de nuevo degustaba aquella bebida infernal con una paz y un deleite que ya querría yo a sus años.

—Lo que yo te diga, si logras salir de este berenjenal, te vas a hacer de oro —me ha despedido, con unos golpecitos en el hombro.

17

Mientras regresábamos a casa por un atajo, Amàlia me ha cogido tan fuerte de la mano que la pregunta me ha salido de sopetón:

—¿Te da miedo la serpiente de la que nos ha hablado el tío Baldiri?

—Sí —me ha confesado, con el llanto contenido.

—Ven, siéntate aquí, a mi lado, que te voy a contar un cuento.

Cerca del puente de la riera de Saltseseugues, bajo un chopo, le he contado una leyenda que cura temores y disuelve prejuicios.

—Esta tierra se llama el Puigcalent[6] porque, hace muchísimos años, una serpiente malherida decidió esperar a la muerte en esta colina soleada, al abrigo de los vientos, encovada tras un muro de piedra de un olivar. Todavía toma el sol, cada vez más pachucha, por estas veredas y, muy de vez en cuando, se deja ver por los caminos. Es gruesa como el tronco de un alcornoque joven, larga como un ciprés ya viejo, con unos pelos gruesos y negros, y dos ojillos minúsculos que brillan sobre una cabeza inmensa. Se arrastra lentamente, lastrada por las chacras de la edad, y se muestra siempre mansa. Todo el mundo la conoce como la serpiente del Puigcalent.

«Primero los vecinos quisieron matarla, asustados al ver a una bestia tan grande. Con el tiempo, sin embargo, entendieron su talante bondadoso y el buen servicio que les prestaba: se zampaba a las ratas y a los ratones que, de otra forma, se habrían comido el grano, y también cazaba conejos y topos que habrían estropeado los sembrados y las huertas. Fue así cómo se fue poniendo buena y fue recuperando las fuerzas, aunque siempre conservó, al final de la cola, una cicatriz en forma de estrella de cuando la habían herido.

«Cuando mudaba de piel, los payeses se hacían con ella coletos y pellizas, que luego lucían presumidos en la fiesta mayor de San Vicente, e incluso costales y zurrones para ir al mercado o salir de caza. Cuando se escondía en su guarida, sabían que se acercaba el mal tiempo y, cuando salía de ella, abrían ventanas y guardaban los abrigos. Durante las noches más oscuras sus ojos fulgurantes guiaban a los carros y a los rebaños; y en las tardes de verano, silbando entre el vien-

---

6   El topónimo proviene de «puig calent», que significa colina caliente (N.T.)

to, acompañaba a los hombres que segaban el trigo. Todo el mundo la conocía, todo el mundo la respetaba, y todo el mundo la dejaba acercarse hasta las masías para beber agua de los abrevaderos, de las albercas y de los aljibes.

«Mientras ella siga viva, y para agradecernos el trato recibido, ninguna serpiente hará daño a ninguna persona.

—Esta serpiente no existe, ¿verdad, mamá?

—Ya lo creo que existe. Ya has oído lo que ha contado el tío Baldiri, y si no te lo crees, pregúntaselo a la nana. Y todos los que la han visto dicen que su boca, curvada por los años, esboza una sonrisa —la misma que esboza Amàlia, a medio camino entre el alivio y el escepticismo.

18

Puedo entender que a lo largo de seis generaciones la historia familiar se haya estirajado y desgastado como una prenda de ropa que, en una familia numerosa, va pasando de hermano a hermano. Me cuesta creer, sin embargo, que el relato se haya deformado hasta tal punto que la historia original y la que nos ha llegado casi no concuerden. Conjeturo, pues, basándome en las palabras del tío Baldiri y en mis presentimientos, que existe una historia oficial de los hechos y otra secreta (y quién sabe si oscura o turbia) que a algún miembro de la familia no le interesaba divulgar. Tal vez se inventaron toda esa peripecia para encubrir algún hecho comprometedor, alguna escabrosidad novelesca que ahora yo podría desentrañar. «Y en esta invención ya se estaba incubando el espíritu literario de vuestra estirpe», estoy casi segura de que diría Rita.

He ido al Archivo Histórico de Palafrugell para comprobar si el nombre de Jeroni Ferrer, el coralero que aparece en la carta dirigida a mi retatarabuelo Eladi, resucita en algún documento. Me han explicado que en muchos casos el primer contacto se producía oralmente, a menudo a través de una tercera persona, y que después, a pesar de que algunos coraleros no sabían leer, se mandaba una carta que se convertía en una especie de contrato escrito. También me han dicho que me buscarían toda la documentación de que dispusieran acerca de las expediciones de coral de aquellos años y que, tan pronto como la encontrasen, me llamarían. He salido del Archivo un poco decepcionada, pues estaba convencida de que podría dar un paso adelante en mi búsqueda y resarcirme de un mal día.

19

He pedido permiso en el trabajo y hemos ido al hospital con Amàlia para la revisión anual. No he superado nunca la angustia que me suponen estas visitas. Por suerte, todo está bien (ellos lo llaman «estable») y lo hemos celebrado desayunando juntas en un bar cercano.

20

Tiempo y rigor son dos requisitos, de los cuales ahora mismo no gozo, indispensables para escribir y progresar en una historia que se empeña en hacer meandros y fintas. Trabajo, pues, de forma un tanto desordenada e intermitente: voy consultando bibliografía sobre la extracción del coral, así como algunos libros de historia, sin embargo nunca surge ninguna buena nueva o ninguna grieta que me permitan desencallar la narración. Es cierto que voy recogiendo detalles que me ayudan a comprender el contexto histórico de los protagonistas, pero con esto no basta para construir un relato literario: me falta esa chispa que dé vida y desenvoltura al texto.

Me he entretenido, por ejemplo, ante una fotografía, imaginando cómo debía de ser la isla de Djerba, definida por los coraleros como «la isla de la mala entrada». También me he leído un libro sobre las virtudes curativas del coral, sobre todo en las culturas orientales antiguas. Los chinos afirmaban que el coral en polvo guarecía los dolores de estómago, los dolores del parto y todas las enfermedades óseas. Los persas lo consideraban un afrodisíaco; los mesopotámicos, un elixir de vida; los egipcios, un símbolo de fortaleza y valentía. Era un producto mítico, fabuloso, mágico.

Me he planteado la hipótesis de que mi retatarabuelo hubiera sido capturado por los piratas, aunque existen, como mínimo, dos argumentos que me impulsan a desmentirla. El primero es que en aquella época la piratería, si bien se mantenía de forma esporádica, había prácticamente desaparecido del Mediterráneo desde que los franceses se habían apoderado de Argel. El otro es que los piratas solían pedir un rescate a las familias de las víctimas y quedaba constancia escrita en los diarios de cautivos o, si se morían siendo prisioneros, quedaba reflejado en el libro de óbitos.

Cuando he contado a Amàlia que estaba consultando libros acerca de la piratería, me ha pedido si podíamos ir a bañarnos a la playa del Crit[7], que, según la leyenda, debe su nombre al alarido que profirió una chica cuando los piratas la mataron. De hecho, aquella chica luchó con todas sus fuerzas para evitar que la violaran y, al final, horrorizada,

---

7   «Crit» significa grito (N.T.)

con desespero, mordió con toda su alma el brazo de Amara, el cabecilla de los piratas, que la decapitó de un golpe de sable.

Hemos paseado a lo largo de la orilla, charlando y buscando conchas, hasta la fuente Morisca, en donde se cuenta que Amara, con los dientes marcados en el brazo de por vida, limpió el sable curvado y manchado de sangre. El cielo empalidecía, después de una jornada sofocante, agotadora. Los últimos turistas abandonaban la playa con todo el sol cargado a sus espaldas. Nosotras, en cambio, nos zambullíamos en la mar entre dos luces, y solas, en medio de una quietud irreprochable, nadábamos y jugábamos bajo el agua.

—Vayámonos antes de que anochezca —le he pedido a la niña, que no hallaba el momento de irse—. No vaya a ser que oigamos el grito de la chica que los piratas querían llevarse.

—No te preocupes, mamá. Hasta las doce de la noche no pasa nada —me ha dicho, con una convicción incuestionable. Y se ha vuelto a zambullir en aquella mar que todo lo acoge.

21

Día de bochorno y problemas en el trabajo (la burocracia es monstruosamente irritante). En algunos momentos, me evadía regresando al relato, reescribiéndolo mentalmente, tomando notas de manera clandestina, compulsiva.

Ya hace unos cinco años que trabajo en Correos, a pesar de que cuando empecé pensaba que sería un trabajo provisional, para salir del paso. Había estudiado la carrera de lenguas clásicas porque siempre he sentido una curiosidad insaciable por conocer el origen de las palabras, por descubrir las conexiones entre el pasado y el presente, y para situarlo todo en un contexto más amplio del que nos brinda el uso vulgar y descuidado del lenguaje.

Durante un tiempo sopesé la posibilidad de presentarme a oposiciones para profesora de latín en secundaria, pero lo acabé descartando. Había hecho un par de sustituciones en el mismo instituto donde Rita imparte clases de matemáticas y había quedado bien claro que la enseñanza no era mi vocación: regresaba a casa tan descolocada y exhausta que era incapaz de escribir ni una sola línea.

Por aquel entonces ya había abusado lo suficiente de la generosidad de mis padres para que me ayudasen a subir a la niña. La sucesión de pruebas, tratamientos y operaciones que había sufrido Amàlia nos había dejado a todos extenuados. Durante los posoperatorios en el hospital, cuando la velábamos turnándonos con mis padres y con Rita, le había contado un montón de cuentos que yo misma me inventaba, como si cada una de aquellas historias le hubiera de reafirmar la fe en la vida. Los médicos me habían asegurado que si Amàlia resistía las intervenciones quirúrgicas, siempre arriesgadas, no tendría que haber ningún impedimento para que, a la larga, llevara «una vida normal» (sea lo que fuera que signifique «una vida normal»). En casa vivíamos luego una convalecencia que reclamaba la consagración de nuestro tiempo y de nuestra imaginación para que la infancia de mi hija no se convirtiera en una rémora para nosotros y, sobre todo, para ella. La enfermedad, si bien con meandros y sobresaltos, con pasos en falso, que a veces parecían una caída en el precipicio, iba remitiendo —a pesar de que todos sabíamos que nunca iba a desaparecer del todo— y el cuerpo de aquella niña, que cada día se parecía más al de su padre, se vigorizaba y nos permitía confiar en el futuro.

Necesitaba dejar de dar tumbos por trabajos temporales y degradantes; trabajos que me dejaban baldada y vacía, sin ánimo para escribir. Necesitaba sobre todo huir de aquel último trabajo, bajo la tiranía de un jefe inepto, mezquino y arrogante que había invertido todas las energías en hacerme la vida imposible. Gracias a aquella especie de parásito que pagaba conmigo toda su frustración e inseguridad, me di cuenta de que existe una combinación que ciertos hombres no perdonan ni toleran: la juventud y el talento en una mujer. Así que un buen día dije basta, harta de amenazas, humillaciones y chantajes. De repente, se manifestó una parte de mi personalidad que apenas conocía, una de tantas personalidades que todos mantenemos ocultas, latentes, y que, un buen día, bajo una gran presión o por un cúmulo de circunstancias, estalla con toda su fuerza y contundencia. Y me enfrenté a aquel ser ridículamente soberbio, enfermizamenteególatra. Y a medida que me enfrentaba a él, se iba volviendo pequeñito, grotesco como una caricatura, insignificante y fútil como todos los delirios de grandeza que lo sustentaban.

Liberada de aquel lastre, sin embargo, tenía que seguir haciendo frente a las facturas, pagar la educación de mi hija y ofrecerle un hogar como es debido. Fue así cómo me presenté a las oposiciones de Correos y obtuve la plaza; primero temporal y, después de nuevas oposiciones, fija. Por más que tenía el futuro laboral asegurado y las tardes libres para poder escribir, me veía a mí misma como una funcionaria aburrida cuyo objetivo consistía en ahogarse en la banalidad de su trabajo y de su existencia. Intentaba resignarme pensando en que muchos otros escritores habían tenido que recurrir —y aún hoy se veían obligados a ello— a trabajos muy diversos para poder asegurarse un sustento. Aun así, los primeros tiempos fueron durísimos, deprimentes. Clasificaba cartas, certificados y paquetes en una oficina que me parecía tan tétrica como mi propia vida.

Cuando llegaba a casa después de la jornada laboral, era incapaz de concentrarme en el nuevo libro que estaba escribiendo a ratos perdidos, a trompicones y con grandes dudas acerca de la estructura. Un buen día, sin embargo, coincidiendo con la llegada del verano, todo cambió. Me enviaron a cubrir las playas de Begur: Sa Riera, Sa Tuna, Fornells, Aiguablava…. Fue como salir de una jaula, como volver a tener alas. Redescubrí rincones olvidados, calles y caminos por donde no había pasado desde la infancia con mi madre, cuando íbamos a bañarnos, o con mi padre, cuando íbamos a por espárragos o a pasear con los perros. Fue como reconciliarme con un paisaje arrinconado, menospreciado por una juventud a caballo entre los estudios universitarios, los viajes y las salidas de fin de semana con Rita y otras amigas.

Entonces, favorecido por aquella nueva situación, el libro se impuso por sí mismo, como si también hubiera reencontrado caminos olvidados. Como siempre que escribo, me dejé la vista corrigiendo y revisando cada detalle. Mi exigencia es —y creo que no exagero— patológica y supongo que nadie llega a reparar en minucias que, para mí, son primordiales. Nunca hallo el momento de dar el escrito por definitivo. Me muero de ganas de que el libro llegue al lector, pero al mismo tiempo siempre me pesa publicarlo porque sé que, cuando lo relea, voy a encontrar palabras, matices, signos de puntuación… que desearía cambiar. Y porque, una vez publicado, ya he perdido el control del texto y ya no me pertenece.

El libro me absorbió de tal modo que, de tan identificada como estaba con la voz narrativa, la de un hombre de mediana edad que de repente veía perturbados todos sus principios y valores, pasé un tiempo designándome con adjetivos masculinos.

—Siempre habíamos notado que tenías alguna cosa rara —me decía mi padre, que se divertía con mis lapsos lingüísticos.

—Ahora entiendo por qué no encontráis novio —intervenía mi madre, medio en broma medio en serio, mirándonos a Rita y a mí.

Acabé el libro poco antes de Navidad. Era una novela larga, densa, con muchos personajes y varias historias que se entrecruzaban. Me había dejado agotada pero sabía que había madurado como persona y, sobre todo, como escritora. Creo que un escritor no llega a escribir jamás el libro que querría, pero cada libro es un paso más hacia ese libro imposible.

Finalmente, después de un tira y afloja con el editor, publiqué la novela con el título de *La doble verdad*. A pesar de mis dudas, las eternas dudas, y de mis inseguridades, las ineluctables inseguridades, las críticas fueron excelentes: «Una escritora que se consolida con esta novela en la que el dominio de la lengua y el ritmo narrativo logran la máxima expresión». Recibí también elogios y congratulaciones de compañeros escritores (y el silencio elocuente de muchos otros), de libreros, de bibliotecarios, de lectores desconocidos, a través de otros lectores o por correo electrónico.

Todo ello, huelga decirlo, me infundía ánimos y me congraciaba con el trabajo bien hecho. A pesar de todo, la leyenda negra tomaba forma puesto que vendí tan pocos ejemplares como había vendido con los libros anteriores y al cabo de cuatro días la novela desapareció de todas partes engullida por la avalancha de novedades. «Es que ahora se lleva otra literatura», me dijo el editor, como si en vez de libros hablase de pantalones y chaquetas. A día de hoy la novela ya está descatalogada y la editorial me ha mandado (costeando yo los portes) los ejemplares restantes, que guardo tristemente en unas cajas de cartón. Alguna cosa no funciona, en nuestro mundo editorial y literario, alguna cosa profunda y esencial se tambalea y chirría y, por desgracia, acaba descarriando a un puñado de buenos escritores mientras que ceba a un sinfín de mediocres o de decididamente malos.

El caso es que guardé las críticas de periódicos y revistas, así como alguna entrevista, en una vieja carpeta. Pensaba que cuando Amàlia fuese mayor querría curiosear entre aquellos papeles amarillentos y, juntamente con la lectura de mis libros, podría decidir si su madre era una cartera que escribía libros o una escritora que repartía cartas.

Desde aquel día en que me liberaron de la oficina, cada mañana cargo la correspondencia en el coche y conduzco por aquellas carreteras sinuosas al final de las cuales las playas de Begur emergen con todo el esplendor. Contemplo el paisaje, observo a la gente, escucho conversaciones y tomo siempre notas furtivas mientras la mente trabaja, infatigable. De hecho, me digo a mí misma, se es escritora a pesar de todo.

22

Santa Ana.

Me levanto de madrugada y me meto en la mar a la misma hora en que las barcas llegan de recoger las redes. Nado como si el horizonte estuviese a toca, no toca.

Celebramos el santo de mi madre con una comida especial. Por la tarde, somnolienta y cansada, pierdo el tiempo ante el ordenador hasta que recibo una llamada esperanzadora.

23

Son cuadernos de tapa dura, religados con cordel y los bordes raídos. Contienen pliegos de papel finísimo ásperos al tacto. Lo toco todo con delicadeza, como si fuera un material frágil y quebradizo: son las expediciones de coral documentadas en el Archivo Histórico de Palafrugell, que permiten hacerme una idea muy detallada de cómo eran las campañas durante la segunda mitad del siglo XIX.

Desde los miembros de la tripulación, hasta el equipamiento del barco, pasando por los víveres o las incidencias a bordo, todo está anotado en estos cuadernos de bitácora que han visto más mundo que yo. Me sorprende que, en la mayoría de listas de tripulación, aparezca «el mozuelo» o «el chico».

—Se trataba del grumete —me ha aclarado la archivera—, que desempeñaba tareas de soporte, como por ejemplo limpiar, proveer de agua a los marineros o ayudar a preparar los utensilios para extraer el coral. A veces eran casi unos críos.

Aunque toda esta información me resulta muy útil, no aparece ninguno de los nombres que me interesan: ni el de mi retatarabuelo Eladi Frigola, ni el del marinero Jeroni Ferrer, ni tampoco el del capitán Salvador Casas.

—Estás buscando una aguja en un pajar —me ha advertido.

Por primera vez desde que empecé esta investigación insensata pero adictiva, me he dado cuenta de que, como no soy experta en la búsqueda histórica ni en materia de coral, ignoro los fondos y las fuentes documentales a los que debo acudir. Seguramente, pues, estoy llevando a cabo una investigación caótica y anárquica que, si es que avanza, lo hace solo gracias al entusiasmo y a la candidez que me caracterizan.

Es probable que la archivera haya leído mi expresión de extrañeza y desencanto, pues me ha aconsejado que consulte el Archivo de Protocolos Notariales de Girona, integrado en el Archivo Histórico de la ciudad, donde se guardan los contratos de las campañas coralinas.

Mientras revisaba y ordenaba las notas que había tomado en el Archivo de Palafrugell, Rita me ha llamado porque mañana quiere llevarse a Amàlia de excursión.

—No, no quiero saber qué es el rafting ni todas esas cosas que acaban en ing —le he dicho, preocupada, pero a la vez segura de que la niña está en buenas manos y se lo va a pasar en grande.

¿Quién me habría dicho, hace unos años, que Amàlia llegaría a practicar algún día esos deportes?

24

Amontono libros, notas manuscritas y hojas imprimidas de internet (ese maremágnum aturdidor) sobre la mesa del despacho, pero todo ello no hace sino contribuir al caos en el que vivo instalada. La historia de mi antepasado Eladi sigue produciéndome perplejidad en muchos puntos e intento combatir la confusión enfrentándome al texto una y otra vez.

Estoy trabajando cuando llegan Rita y mi hija, que parecen dos misioneras rescatadas de una tierra lejana.

—Al menos me la devuelves de una pieza —le digo a Rita, que muestra gesto de preocupación—. No sé si fue una gran idea escogerte como madrina de la niña.

—Estoy reventada —dice, con un resoplido—. Ya no tengo edad para estas aventuras y encima tu hija no para de hacer preguntas que no tengo ni la más remota idea de cómo responder.

—Venga, te invito a cenar, así te recuperas del día, que ya me conozco yo esa curiosidad suya; es desbordante.

Saco un surtido de quesos, nuestra perdición. Y descorcho un syrah ampurdanés que armoniza con la noche: denso, violado, con recuerdos de regaliz.

—Cada vez parece más claro que el relato no me hará ni rica ni famosa, como me pronosticó el tío Baldiri —lamento, mientras Amàlia ya duerme, rendida, en el sofá—. Tengo la sensación de que estoy malgastando mucha energía para nada.

—La impaciencia siempre te ha paralizado — me suelta Rita, como si me riñera.

—No lo sé, pero el caso es que estoy un poco desanimada.

—Cuando te veo sufrir significa que la cosa va bien.

—¿Ah, sí?

—Sí, es una parte del proceso. Siempre te pasa lo mismo. Igual que cuando terminas un libro, que vives una especie de duelo, como si te despidieses de los personajes y de la historia que has creado.

—Debes de tener razón…

—Por supuesto que tengo razón —dice ella, con un convencimiento imbatible—. Lo vives todo con tanta intensidad y pasión, que tú ni te das cuenta. Pero los que lo observamos desde fuera vemos cómo la alegría, la frustración o las dudas se van mezclando y alternando a lo largo de todo el proceso creativo.

Nos quedamos en silencio, sentadas en el sofá. Estamos cansadas, aburridas, y se nos ocurre encender la tele. Nos adormilamos con el blablablá de unos tertulianos sabelotodos que, pondría las manos en el fuego, también publican libros pero no los sufren en absoluto.

Si hay algo traumático para un escritor es sacrificar el material que se revela infructuoso, por más que esta depuración forme parte de su trabajo. Hay que llenar muchas hojas para salvar una mínima parte del relato: no conozco otro camino. Hay que escamondar el texto, desbrozarlo, para que luego crezca libre de vicios y malformaciones. No siempre resulta fácil, sin embargo, ya que los peores errores son precisamente aquellos que pasan desapercibidos. Escribir es escoger. Escribir es descartar. Escribir es mojarse y, de vez en cuando, también es meter la pata.

He acabado la primera versión del relato. De hecho, es solo un esbozo —o quizás debería decir un borrador— que habrá que retocar a medida que vaya encontrando información y que, seguramente, tendrá poco que ver con el relato *definitivo*. Me atrevo a decir incluso que es solo un guion a partir del cual la historia deberá ir creciendo. Siempre me gusta guardar esta primera versión para compararla con el texto publicado: suelen parecerse tan poco como la semilla se parece a la planta.

Para mí cualquier historia siempre permanece abierta, susceptible de recibir nuevas perspectivas y orientaciones, permeable a todos los matices y sutilezas que vayan surgiendo. Pues en cualquier instante, ya sea leyendo un libro, hablando con alguien, escuchando una canción, doblando ropa o sacando el polvo, en el momento más inesperado, en el lugar más imprevisto, la historia puede verse sacudida por una nueva información, por un detalle que afecta a toda la trama, por un personaje que de repente se ve con una nueva luz o que establece nuevas relaciones con el resto de personajes. Las obras suelen correr por caminos que uno no tenía previsto transitar y los personajes suelen adoptar actitudes que uno no había pensado nunca en atribuirles, por eso nos convertimos en los primeros lectores de nuestras obras. Y también por eso la literatura es tan sublime, tan potente, que nos sobrepasa y nos sorprende a nosotros mismos.

Uno de los lugares comunes acerca de los escritores es el del pánico ante la hoja en blanco.

—¡Menuda burrada! —le dije a Rita, una tarde que debatíamos el tema—. ¿Quién es el inepto que se pone a escribir sin haber tomado notas, sin haberse documentado, sin haber reflexionado sobre lo que desea contar? Pulsar una tecla del ordenador no es otra cosa que un paso más dentro del complejo y largo proceso de la creación literaria. Pero, ¿sabes qué te digo? A fin de cuentas, escribir es depurar la lengua hasta que las palabras queden pulidas, sin aristas, y la prosa fluya como un río.

Rita me escuchaba sin soltar palabra, tal vez sorprendida por mi apasionamiento y vehemencia.

—No te fíes ni un pelo, pues, de los «escritores» que no reescriben y reescriben sus textos y que publican libros como churros —le dije, con un convencimiento que raramente poseo—. O son unos genios o son unos chapuceros y unos caraduras. Y lo más seguro es que sean lo segundo porque, en el improbable caso de que fueran unos genios, tampoco podríamos apreciar aun su obra, pues los genios casi siempre se avanzan a su tiempo.

—Gona, ya me he leído la historia —ha exclamado Rita, cuando me ha abierto la puerta de su casa.

—Empieza a criticarme o me voy —le he advertido, con una sonrisa.

—Sinceramente, el principal problema de la historia es que se hace corta, la terminas deprisa y corriendo, como si tuvieras prisa. Mucho ruido y pocas nueces, vaya.

—Vale, pero tampoco tengo demasiada información y ten en cuenta que solo es una primera versión del relato —me he defendido.

—Sí, todo eso ya lo sé. Pero aun así, me falta alguna cosa en la historia. El relato me resulta plano, en algunos momentos me he sorprendido pensando que todo aquello ya lo había leído en alguna otra parte. Y no me he creído demasiado a algunos personajes, parecen maniquís, demasiado perfectos. Es como si los hubieras puesto ahí solo para contar la historia, pero no fueran humanos, como si no tuvieran vida propia. ¿Por qué se marcha Eladi? ¿Qué siente su mujer? ¿Cómo afecta todo aquel revuelo a la familia? No sé muy bien cómo explicártelo, es como si la historia entera no acabase de arrancar. Pero supongo que aún te quedan muchas cosas por revisar y pulir, ¿verdad?

—Así que no te ha acabado de convencer —he fingido estar ofendida.

—Pero si me he relamido de lo lindo, como decís vosotros —ha intentado justificarse—. La lengua es una pasada, Gona, es preciosa y fluye la mar de bien. Por cierto, ¿de dónde sacas todas esas palabras? Lo que pasa es que tengo la sensación de que estás demasiado emperrada en demostrar que la historia es cierta y entonces no dejas el suficiente margen a los personajes y a los detalles.

—Quizá tienes una parte de razón, porque yo también veo que el relato cojea por algún lado, pero no sé exactamente dónde falla. De todas formas todo lo que me dices es muy vago, tendrías que concretármelo.

—Mira, lo que quiero decir es que deberías escribir la historia dejando de lado si es verdad o no lo es y recreando con más profundidad la vida y las contradicciones de los personajes. A mí me da lo mismo si eso sucedió o no, lo que quiero es que la historia me atrape, me ilumine, me emocione, me lleve a descubrir rincones de aquellas vidas… —se ha explicado un poco atropelladamente—. Me he quedado con las ganas de saber más cosas. El contraste entre la vida en el campo y la vida en el mar, por ejemplo. El personaje de Helena, la mujer de Eladi, parece de verdad, le has pillado el punto justo y todos los matices, quizás porque te sientes muy identificada con ella, como decíamos el otro día. Sin embargo el niño, Tomàs, pobrecillo, parece un pasmarote. ¿Y la abuela de Tomàs? Pulula arriba y abajo y una no sabe muy bien por qué. Y Serafí, el hermano de Eladi, es un personaje genial, un auténtico caramelo que no acaba de encontrar su sitio, ¿no te parece? Me estoy enrollando de mala manera, ¿verdad que sí? Espérate un momento.

Rita ha desaparecido por unos instantes y yo me he acercado a la balconada. A través de los prismáticos que siempre tiene al alcance, la playa era un hormiguero de colores, a lo largo de la orilla una marea de bañistas intentaba conquistar un espacio mientras la mar, comprimida, parecía un aparcamiento de embarcaciones, un cementerio de trastos, un vertedero de desechos. Bocinazos en las calles, motores calientes, olor a neumáticos. Saturación por todas partes. El pueblo parecía congestionado, a punto de proferir un grito de dolor.

Ha regresado con el texto, que tenía los márgenes abarrotados de anotaciones.

—¿Preparada? —me ha amenazado, golpeando con las hojas sobre la mesa.

Cuando escribo, necesito un sparring, alguien con quien contrastar lo que he creado, alguien con quien discutir los progresos, con quien pelearme, si es necesario, para luego reconciliarme, y, sobre todo, alguien que detecte los errores que yo, desde dentro, soy incapaz de ver. Llega un punto en que estás tan inmersa en lo que escribes que resulta imposible analizarlo con criterio y rigor, pues has perdido la perspectiva. Me he llegado a saber de memoria cualquiera de los libros que he publicado, de tanto leerlos y releerlos. Entonces es el momento de dejar descansar a la historia, porque ya no la lees sino que la recitas de coro. Un escritor acaba aprendiendo que la distancia es crucial para que su obra cristalice y se consolide. Y la distancia la crea el tiempo y la mirada de los lectores. Rita es una lectora crítica, implacable, minuciosa, a menudo incluso escrupulosa, y en todo momento lúcida (siempre he pensado que sería una buena editora). Sin embargo, por mucha consideración que te merezcan las opiniones de tus sparrings, tú siempre tienes que acabar escogiendo, decidiendo, descartando, porque, a veces, aquello que uno te alaba el otro te lo censura. A menudo, incluso, tienes que aventurarte por un camino a pesar de que todo el mundo te aconseje lo contrario. Puede ser que te despeñes, pero también puede ser que descubras una tierra virgen y fértil donde las palabras fructifiquen.

Agosto

1

—Nana, ¿es verdad que en el Puigcalent hay una serpiente muy grande y muy vieja? —ha preguntado Amàlia, mientras cenábamos en casa de mis padres.

Mi madre me ha mirado de reojo antes de responder:

—¡Ya lo creo que sí! —lo ha dicho con ese énfasis que solo ella sabe dar a las afirmaciones y que no deja ningún lugar a dudas—. Más vieja que ninguna y más grande que cualquier otra.

—¿Y tú la has visto? —Amàlia ya daba por hecho que el reptil existía.

—Como te veo a ti ahora mismo. Pero hace ya muchos, muchos años.

—¿Cuándo?

—Pues un día, cuando era una chiquilla y acompañaba a mi abuela a la riera de Saltseseugues a por berros.

—¿Berros?

—Sí, prenda, los berros son unas plantas que crecen cerca de las rieras y que nos comíamos en ensalada. Ahora estoy segura de que no debe quedar ni uno.

—¿Y qué te hizo, la serpiente? —ha preguntado Amàlia,
sin poder evitar un escalofrío.

—Pues nada de nada ¿Qué quieres que me hiciera, pobrecilla? ¿No sabes que es una serpiente la mar de pacífica
y bonachona? Nos miró y acabó de cruzar la trocha hacia
su escondrijo, allá en el olivar. Me creo yo que incluso nos
dedicó una sonrisa.

—Ah —ha dicho Amàlia—, entonces mamá no dice
mentiras.

—No —ha metido baza mi padre—. Solo las justas.

Después de cenar, hemos tomado el fresco bajo las more-
ras, atiborrados del exquisito guiso de bogavantes, regalo de
Vicenç Ferriol, el pescador de Sa Tuna, que había cocinado
mi madre. Amàlia, convoyada por dos vecinas mayores que
ella, se ha ido a dar una vuelta por la plaza, como hacía yo a
su edad, después de negociar la hora del regreso y el dinero
que se podía gastar. Mis padres han empezado a hablar de
quién era ése que vivía con aquélla que se había separado
de aquel otro al que le habían encontrado un mal muy feo y
ahora vete tú a saber si salvaría el pellejo porque hoy en día
hay unas enfermedades muy raras y debe de ser por todas las
porquerías que comemos que ya se sabe que antes todo era
natural y un tomate pera era un tomate pera y para colmo no
saben a nada y si vas al mercado todo está por la nubes y no
sé adónde iremos a parar ¿no te parece, hija?…

Ausente, sugestionada por la música lejana de una cobla,
yo intentaba imaginarme a mis antepasados, Helena y Eladi,
celebrando la fiesta mayor. Ella cocinaba los mejores platos
del año con los pollos y los patos de la masía, o con el pesca-

do de roca que Eladi y su hermano Serafí habían capturado en aquellos lugares que solo ellos conocían. Los familiares acudían a la comida, risueños, curtidos por el sol, con una bota de vino o una botella de ratafía, de rosolí o de licor de membrillo. Durante todo el día recibían a los amigos de los pueblos vecinos; la mesa siempre puesta, el porrón siempre lleno. Cantaban canciones y contaban cuentos, mientras las mujeres vigilaban a los niños y trajinaban por la cocina, y los hombres fumaban y miraban al cielo con moderado optimismo. Al caer la tarde, acicalados y orgullosos, asistían a la procesión, a la misa solemne y bailaban sardanas en la plaza.

Amàlia ha regresado con una pandilla de amigas, atolondradas, hablando todas a la vez, y me ha interrumpido la escena.

—Mamá, ¿puedo quedarme a dormir en casa de Marina? —me ha pedido, mientras Marina ponía su mejor cara de angelito—. Su madre ya lo sabe y me ha dicho que sí. Va, porfa, porfa, mamá.

Después de algunas negociaciones más, y previa llamada aclaradora al móvil de la madre de Marina, le he dado permiso para que se quedara a dormir en casa de su amiga. Mis padres me han dirigido una mirada de reproche porque los niños de hoy en día son unos malcriados que tienen todo lo que quieren y no como antes que nos pasábamos el día trabajando y todo nos hacía ilusión porque como no teníamos ni pizca de libertad con cualquier cosa éramos felices y ahora cuando tienen eso quieren eso otro y no lo aprecian ni dan valor a nada y si les das el dedo te cogen el brazo y antes había respeto y obedecías a los padres y con una mirada ya te lo decían todo porque habrase visto que siempre hagan lo que quieran ¿no te parece, hija?...

Rita tiene razón: el deseo de verificar la historia no debe ofuscarme o, al menos, no debo permitir que eso influya negativamente en el relato. A fin de cuentas, el relato no será jamás mentira, sino ficción. Es más, la ficción resulta a menudo más verosímil que la realidad, pues la matiza, la dignifica, la explica y la sobrevive. ¿Alguien duda de que Emma Bovary y Ana Karenina fueron realmente dos amantes apasionadas que se acabaron suicidando? ¿Existe alguien más real que Mila o Colometa? De la misma manera, las aventuras de mis antepasados ya son parte de la memoria de la familia y pronto —espero— de los lectores, y, por lo tanto, tan reales o más que nosotros mismos.

He dedicado la tarde a revisar el texto. Tal como voy hallando respuestas, van apareciendo nuevas dudas. Suponiendo que mi retatarabuelo aceptara formar parte de la expedición de coral dirigida por Casas, ¿por qué se aventura en una campaña tan larga y peligrosa por primera vez? ¿Por qué abandona a su familia precisamente cuando su esposa está esperando un bebé? ¿Qué o quién le impulsa a marcharse? Mientras corregía un párrafo, he recordado un libro de historia que consulté en la biblioteca: hablaba de una plaga de oídio que destruyó gran parte de los viñedos de l'Empordà durante las décadas de 1850 y 1860. Los payeses la llamaban «malura» o «cenizosa», porque cubría las hojas de las cepas de una ceniza blancuzca como la harina. Motivos económicos, de subsistencia, debieron de forzar a Eladi a abandonar a la familia y jugárselo todo en aquella expedición de coral. Su sacrificio significaba también el sacrificio de su esposa y de su hijo, lo cual otorga a los personajes una nueva dimensión y me obliga a rehacer el relato.

No obstante, si quiero rehacer el relato con fuerza y frescura, tendré que visitar los escenarios donde se desarrollaba la vida de mis antepasados. Desde el punto de vista literario, estas visitas servirán para hacerme una idea de cómo vivía aquella gente y describir mejor los espacios físicos donde se sitúa la acción. Desde el punto de vista personal, son una concesión al sentimentalismo y al afán de fisgonear propio de toda escritora. Finalmente, por qué no confesarlo, espero que este trabajo de campo se convierta en una fuente de estímulos y sugerencias y me permita encontrar algún atajo por donde llegar a mi destino. Sin embargo, también será una buena excusa para que mi hija conozca la tierra donde vive: las calas, las montañas, las senderas, las fuentes… Me gustaría que Amàlia se familiarizase con el entorno y aprendiera sus leyendas y su historia, sus costumbres e incluso sus cotilleos. Y, claro está, todas las palabras preciosas y reveladoras que penetran en él, como las raíces penetran en la tierra en busca de agua, por dura y seca que ésta sea.

—No querría por nada del mundo que mi hija fuera una de esas tontainas que se pasan las vacaciones encerradas en un hotel de la otra punta del mundo y, en cambio, no conocen todas las maravillas que tienen en la puerta de casa —le he dicho a Rita, mientras le contaba mis planes de trabajo.

—¿Y por dónde vas a empezar? —me ha preguntado, entusiasmada con la propuesta.

—Por la masía de la Heura. Quiero visitarla esta misma tarde. ¿Te apuntas?

Situada entre las playas de Aiguablava y Tamariu, tierra adentro, a resguardo de la tramontana, en un valle quieto y soleado, la masía de la Heura[8] está custodiada por una hilera de grandes cipreses. A la vera de la masía, al lado del pozo, hay una encina gigantesca, imponente y al mismo tiempo acogedora, en cuyo tronco una hiedra gruesa se agarra y trepa con obstinación.

—¿Tú crees que la masía se llama así por esta hiedra? —me ha preguntado Rita.

—No sé cuántos años debe de tener esta hiedra, pero esta encina tiene que ser muy vieja —le he contestado, mientras acariciaba aquel árbol majestuoso.

—En el cole nos dijeron que tenía unos quinientos años —nos ha precisado Amàlia.

Las acacias que rodean la masía, como centinelas silenciosos, la ocultan de la indiscreción y de los paseantes. Las higueras a pie de camino le otorgan frescor y dentro de unos días el aroma de los higos maduros se aferrará a cada partícula de aire. El camino de entrada, antes precedido por frutales, solo puede intuirse entre la vegetación y apenas se vislumbra la piedra oscura del lavadero y el laurel que languidece a su lado.

—Debía de ser un lugar precioso, en sus buenos tiempos —le he dicho a Rita, pisando hierbajos secos que se quejaban a nuestro paso.

—Sí, una maravilla. Qué lástima que esté tan abandonado.

El boscaje ha ganado terreno a los campos, a los viñedos, y algunas cepas, últimos testimonios de un pasado próspero,

---

8   «Heura» significa hiedra (N. T.)

se desvanecen entre la retama y las carrasqueras. Muros de piedra seca, comidos por los herbazales, evocan esas viñas de garnacha negra y malvasía, tempranillo y albillo, que se dividían en bancales y daban renombre a la masía de la Heura. Desde la misma masía se puede ver el roquedal de Ses Falugues y la colina de Montcal, que rememora, tras los pinos y las construcciones charangueras, la playa de Aiguablava, cuyo aroma el garbino acerca a menudo hasta los campos.

—¿No os llega la brisa salada? —he preguntado, tras llenarme los pulmones de mar.

4

Aiguablava, la playa más cercana a la masía de la Heura, está abrazada, a lo lejos, por el cabo de Begur y protegida, a mediodía, por los acantilados de la punta de Es Plom y, al norte, por el roquedal del Castellet, con un abanico de pequeñas calas que, pasando por el puerto de Ses Orats, conducen hasta Fornells. Es un recorrido que transitaban a menudo mis antepasados, tanto en barca como a pie, para vender pescado o verduras, para visitar a otros pescadores o payeses, para ir al pueblo o a por setas, hierbas medicinales o espárragos.

Antaño se accedía a Aiguablava por atajos que olían a romero y a tomillo, por veredas que los rebaños mantenían limpios de matojos y que escondían una fuente en cada recodo del camino. Fue la playa donde Eladi calaba nansas y redes y donde su hermano Serafí, según los censos consultados, vivió un tiempo, en una de esas barracas de pescadores que hoy guardan patinetes acuáticos o son los almacenes de bares y restaurantes.

—¿Qué te recuerda el cabo de Begur? —le pregunto a Amàlia, en un juego familiar que consiste en encontrar parecidos entre las cosas.

—No lo sé —duda ella, mirándolo atentamente—. Parece… un animal.

—Un dragón —le sugiero—. ¿No te parece un gran dragón que está durmiendo?

—¡Sí, sí! —exclama Amàlia, que empieza a reconocer la silueta del animal—. Le veo la cabeza y la nariz.

—Pues cuenta la leyenda que antes se paseaba por estos alrededores.

La cara de Amàlia se ilumina y, maquinalmente, se sienta en la arena. Las olas mueren, mansas, a nuestros pies y empiezo a contarle la leyenda de aquel fabuloso animal dormido. Intento recordar la canción que acompaña al relato y que la yaya Neus me había cantado docenas de veces, pero solo soy capaz de rescatar algunos fragmentos y una melodía dudosa.

—De hecho —resumo, después de contarle la historia—, el dragón vigila que nadie maltrate este paisaje tan bonito.

—¿Y va a despertarse algún día, mamá? —me pregunta, sin poder esperar a que yo termine la narración, la vista fija en la silueta de aquel animal que se encaprichó de la belleza y la paz de esta tierra.

—Lo que me extraña, pitusa, es que todavía no se haya despertado —y con la mirada voy resiguiendo todos los estropicios que han echado a perder el encanto salvaje de esta costa—. El día que se despierte y vea todos los disparates que hemos hecho, va a echar fuego por los ojos.

5

Girona siempre ha sido para mí una ciudad desconocida y lejana, quizás porque, a diferencia de otros compañeros de instituto que estudiaron allí y siempre me hablan maravillas, yo cursé la carrera en Bellaterra y me alojé en un piso de Cerdanyola que compartíamos con Rita y dos gemelas a las que nunca llegué a distinguir. El único recuerdo sentimental de Girona son las visitas que de vez en cuando hacíamos a casa de unos primos de mi abuelo Manel, que vivían en un piso que daba al río Onyar, con un balcón desde donde podía ver sus aguas y las carpas y patos que allí nadaban.

Lo he recordado mientras Rita y yo buscamos, hasta el momento con escasa fortuna, dos edificios en el centro de la ciudad: el Archivo Diocesano y el Archivo Histórico, tal como me aconsejó la archivera de Palafrugell. He pedido cita para consultar varios documentos y me parece que ya vamos tarde.

—Eso tiene pinta de archivo —dice Rita, ante una fachada vagamente barroca. Y como de costumbre, acierta.

Hojeo con infinito cuidado el *Llibre verd*[9] del capítulo de Girona, que se llama así porque tiene las tapas de color verde y que aparece referenciado en muchas bibliografías. Las páginas me revelan que la pesca del coral en Begur está documentada desde el siglo XI, aunque sus vecinos debían extraerlo desde tiempos inmemoriales. Durante el siglo XIV, cuando los catalanes gozaban del monopolio del comercio del coral en el Mediterráneo, el señor del castillo de Begur, Gilabert de Cruïlles, tenía derecho sobre el pescado y el coral que pescaban sus súbditos.

---

9   «Llibre verd» significa libro verde (N.T.)

—¡Ostras! —exclama Rita—. Todos los habitantes de Begur deben de tener algún antepasado coralero, ¿verdad?

—Sí —le confirmo—, es muy probable que en cada familia hubiera un aventurero o un desesperado que arriesgaba la vida entre las grietas de una roca o en algún viaje a mares desconocidos. Todo lo relativo a las expediciones lo vamos a encontrar en el Archivo Histórico. Toma alguna nota más y nos vamos para allá.

Por suerte, los dos edificios están en el barrio antiguo y ahora no tenemos ningún problema para localizarlo.

Entre 1851 y 1865, el capitán Salvador Casas, natural de Palamós, dirige doce campañas de coral inventariadas en el Archivo Histórico de Girona, con los barcos *Nuestra Señora* y *Estela*. La última expedición parte del puerto de Palamós el 9 de octubre de 1865 hacia la isla de Djerba. No hay ninguna duda de que se trata de la misma que consta en la carta recibida por mi retatarabuelo Eladi en agosto de aquel mismo año. El hecho de que sea el último viaje documentado de Salvador Casas me lleva a pensar que el capitán murió en el naufragio. Sin embargo, la constatación de que Eladi tomara parte en esa expedición no aparece en ninguno de estos documentos y de nuevo me atrapan el desencanto y el desánimo. Jeroni Ferrer, en cambio, aparece en la lista de marineros de las dos primeras expediciones, aunque no en esta última.

—Venga, vamos a repasarlo todo de nuevo —me pide Rita, cuando yo ya estaba a punto de dejarlo correr, bloqueada e irritada—. Mira, ahora ya sabemos que todo sucedió de verdad, las fechas coinciden. Va, manos a la obra, a ver si podemos encontrar alguna información que nos aclare algo más.

Y hemos vuelto a revisar aquellos documentos uno por uno, buscando alguna lógica interna que nos permitiese sacar conclusiones. Rita posee una mente analítica, capaz de proceder de forma deductiva y argumentando cada paso. Yo, por el contrario, me rijo por una mente intuitiva, creativa y bastante anárquica. Será por eso, con toda probabilidad, por lo que nos compenetramos tan bien y una complementa las carencias de la otra.

—Fíjate —le he dicho a Rita—, aquí empiezan a producirse cambios importantes, ¿lo ves?

—Sí, parece que las campañas siguen dos modelos distintos, ¿verdad? A ver si eso nos ayuda. Crucemos los dedos.

En las primeras campañas dirigidas por Salvador Casas, todos los miembros de la tripulación aportan dinero en metálico para financiar los gastos. El capitán, sin embargo, que pone el barco y los aparejos, se reserva unas ganancias superiores al resto de los marineros. En dichos contratos, consta la cantidad aportada, que varía considerablemente de un miembro a otro, así como el nombre de todos los marineros que toman parte en la expedición, entre los cuales se halla Jeroni Ferrer, natural de Palafrugell. Son campañas de como máximo seis meses y siempre en la costa mediterránea de la península ibérica.

—Mira —le he dicho, mostrándole unos datos del documento—, Salvador Casas debía prosperar muy de prisa en el negocio del coral.

—Sí —me ha confirmado ella, tan alterada como yo—, porque a partir de 1858 la modalidad de los contratos cambia.

El capitán Casas compra entonces un nuevo barco, una polacra goleta de mayor arqueo, y se convierte en un capitalista que reinvierte sus ganancias en nuevas campañas, más ambiciosas y con más recursos, tanto humanos como económicos. Se aventura cada vez en tierras más lejanas: Melilla, Orán, Jijel, Tabarka o Bizerta. Es la zona llamada «la costa del moro», en el norte de África, que tenía muy mala fama entre los marineros a causa del denominado «mal de gam»: tuberculosis, fiebre amarilla o disentería.

—Eran muchos los que fracasaban o se morían —le he contado a Rita— y el único motivo lo bastante fuerte como para jugarse la vida eran las enormes ganancias que podían obtener.

—¡Tela marinera! ¡Qué aventuras! —exclama ella—. ¿Y qué hacían luego con el coral?

—En el pueblo había una pequeña industria manufacturera que fabricaba joyas, cruces, rosarios, mangos de cuchillos, pomos… —le explico, después de tantas lecturas—. Pero principalmente lo vendían a los mercados de Génova, Liorna y Marsella, desde donde se comercializaba a todo el mundo. Era un producto destinado a una elite económica, un objeto de lujo y distinción, como hoy en día pueda serlo una marca exclusiva de ropa o una joya.

Cogemos aire y seguimos revisando documentos. Ahora es Casas, solo o en contadas veces con un par de socios, el que se hace cargo del financiamiento de la expedición y contrata a los marineros con un sueldo estipulado (excepto en la última campaña, en que ofrece, además, una gratificación). En la formalización del contrato solamente figura el nombre de los que aportan capital.

—Eso significa —Rita no puede contener la emoción— que a lo mejor tu retatarabuelo tomó parte en esta última campaña a Djerba como simple marinero contratado por Salvador Casas. Gona, ¡esto es la pera!

—Sí, es lo más probable. Incluso podemos suponer que Jeroni Ferrer iba en la misma expedición.

Tomando una cerveza en la Rambla, ante el río Onyar, decido que mañana volveré al Archivo de Palafrugell y les pediré información acerca de Jeroni Ferrer, ahora que lo tengo documentado. Espero que me puedan poner en contacto con algún familiar del coralero y empezar así a pisar tierra firme.

La tarde va menguando y el cielo se nubla. Rita y yo decidimos perdernos por el barrio antiguo, vagar por sus calles como dos gatas traviesas, sin prisa y sin destino. Acabamos cenando bajo un pórtico, en una terraza minúscula de una callejuela empedrada. Se encienden las primeras farolas y una luz mortecina y amarillenta difumina los rincones y nos esboza sombras enigmáticas en el rostro.

—Siempre se repite la misma historia, ¿no te parece? —dice Rita, pensativa, con la copa de vino en la mano.

—¿A qué te refieres?

—Pues a que el viaje de tu retatarabuelo es el mismo viaje de tantas y tantas personas que cada día tienen que marcharse de sus hogares para intentar encontrar un futuro mejor.

6

Espero con desazón alguna noticia del Archivo de Palafrugell acerca de Jeroni Ferrer. Me voy a nadar y la lluvia me sorprende en medio de las aguas. Llueve sobre mojado. Y no dejo de nadar.

7

La información obtenida en el Archivo Histórico de Girona ha dado un vuelco al relato. En parte porque me confirma la veracidad de la historia y concuerda con la carta recibida por mi retatarabuelo Eladi; pero también porque ahora tengo una visión histórica mucho más amplia y detallada. Empiezo a ser consciente de lo que significaba organizar una campaña de aquellas características y de la sombra trágica que planeaba sobre esta última expedición del capitán Casas. La aventura de mi retatarabuelo, que como dice Rita es endémica a la humanidad, se empieza a revestir de una aureola épica que me apasiona y me espolea.

Vuelvo a sumergirme entre libros de diferentes bibliotecas y páginas de internet, y reúno una considerable cantidad de información sobre la marina del ochocientos. ¿Cómo se preparaban los viajes? ¿Qué trámites debían llevarse a cabo? ¿Qué era una polacra goleta, el barco que utilizaba Salvador Casas? ¿Cómo era el interior de la nave: dónde dormían, dónde comían, cómo se distribuían las tareas?

—Joaninc, me sabe mal molestarle —le digo por teléfono al pescador de l'Estartit—, pero tengo un motón de términos marinos que no entiendo y muchas cosas que preguntarle. ¿Le iría bien que le fuera a ver un momento?

—A disponer —contesta él—. Yo ya he hecho el jornal, hoy.

Cuando he salido de casa de Joaninc, me he encontrado dos mensajes en el móvil, que había silenciado para que nadie nos estorbase. Uno de ellos era de Rita, invitándome mañana a cenar para celebrar los progresos y catar un vino que, según ella, «te va a transportar al séptimo cielo». El otro era de Benet Ferrer, proponiéndome que le llame para vernos y charlar sobre su bisabuelo: el coralero Jeroni Ferrer.

Me sentía tan anhelosa que he ido directamente del trabajo a casa de Benet Ferrer, sin almorzar. Cuando he tocado el timbre, el corazón me latía desbocado.

Benet debe de superar largamente la setentena, es alto, delgado y de cejas canosas. De joven tenía que ser un hombre atractivo, de esos que, por su estatura y complexión, sobresalen del resto. Hemos conversado en un patio interior de verdor exuberante, con un pozo en el centro, en donde el aire desprendía fragancias de agua de lluvia y de años vividos.

—Sí, Jeroni Ferrer —me ha dicho, con voz calmosa— era mi bisabuelo, pero no te puedo contar mucho más; solamente que era marinero y pescador de Calella y que murió en el mar.

—¿Usted había oído hablar de Eladi Frigola? —mi voz contrastaba con la suya.

—Pues no —ha contestado, tras pensárselo un rato—. ¿Quién era ese buen hombre?

—Era mi retatarabuelo, o sea, el abuelo de mi bisabuelo —le he aclarado—. Estoy intentando descubrir si Eladi y su bisabuelo Jeroni se embarcaron en alguna expedición de coral hacia la isla de Djerba, en el norte de África.

—Yo siempre había oído contar a mi abuelo que su padre se había muerto mientras buscaba coral y que nunca más se supo nada de él. Y ahora que lo mientas, él siempre hablaba de «la costa del moro».

—Pues entonces todo me concuerda.

—Caray, sabes más cosas de mi familia que yo —me ha dicho, medio halagado medio sorprendido—. ¿Y de dónde has sacado toda esta información?

—Uy, no se puede usted ni imaginar el hartón que me he dado de remover papeles y de toda la gente con la que he tenido que hablar —le he revelado, como si llevara mucho tiempo esperando que alguien me hiciera esa pregunta—. Juraría que Eladi, su bisabuelo Jeroni y el capitán Casas se embarcaron en la misma expedición de coral en octubre de 1865 y que el barco se hundió y solo se salvó mi retatarabuelo, al menos por lo que yo he podido averiguar hasta la fecha. Pero no hay manera de encontrar la prueba definitiva.

—Me sabe mal, chica, pero lo único que sé de mi bisabuelo es lo que te acabo de contar —me ha dicho abriendo las manos, como si quisiera justificarse.

—No se preocupe, le agradezco mucho que haya querido hablar conmigo. ¿Por casualidad no tendrá usted algún documento o alguna otra información sobre su bisabuelo?

—No, chica, no tengo nada de nada. El hombre debió de ahogarse por esos mares de Dios y jamás se supo ya nada de él.

He regresado a casa hambrienta y con unas ganas locas de escribir, pero todavía he tenido que hacer un par de recados con la niña y planchar la montaña de ropa que se me ha ido acumulando estos últimos días.

Ahora Amàlia ya duerme, bien acurrucada como si aun fuese un bebé, respira lentamente, compasadamente, con la candorosa inconsciencia de los niños. A sus pies, como si quisieran protegerla, descansan los perros, con un ojo cerrado y el otro abierto. De afuera, solo me llega el temblor del follaje y una luz tenue, como un faro en la lejanía. Y escribo, escribo, escribo...

Antiguamente Begur era un pueblo diminuto congregado al entorno del castillo, formando callejuelas polvorientas, laberínticas y escarpadas, como para huir de las indiscreciones y poder otear mejor el horizonte. Un puñado de masías se dispersaban en la planicie, a los pies de la villa, con una torre de vigilancia al lado, siempre atenta a las incursiones piratas, a menudo tan vertiginosas y tan bárbaras que se fueron contando de padres a hijos hasta convertirse en leyendas que recordaban y a la vez ahuyentaban todo ese sufrimiento y ese pavor. Los campos de cereales, los viñedos, los olivares y las huertas se extendían en bancales que lindaban con el boscaje y con la mar, y las bestias convivían con los humanos como lo habían hecho durante milenios.

Hoy no queda ninguna masía ni, que yo sepa, nadie que se dedique de lleno al trabajo de payés. Por eso me he citado con Domingo Planas i Silvestre, apodado Mingo de la masía Rost, un payés de Pals que todavía se acuerda de cuando yo iba a su casa a jugar con su nieta y me quedaba a merendar pan con chocolate y leche recién ordeñada.

He dejado el coche en casa del tío Baldiri, pues nos pillaba de camino, y le hemos reconocido de lejos, con su sombrero blanco, bajándose de una camioneta tronada.

—¿Adónde vais con este sol de justicia? —nos ha preguntado, usando la mano como visera—. Veniros a la sombra, que se os van a chamuscar los sesos.

—Vamos a ver a Mingo de la masía Rost —le he enterado, mientras andábamos bajo las arcadas de la entrada—, para que me cuente cómo se vivía antes en el campo.

—Bien pensado, bien pensado, porque de todo eso Mingo sabe un rato largo. Ha vivido toda la vida en la masía y ha pasado las de Caín. Aun me lo tropiezo con su moto cuando se va a jugar a las cartas a Pals. Se conserva mejor que las momias esas, el cabroncete. ¿Y os llegáis hasta allí a pie?

—Sí, chano chano —le he dicho—, tomaremos el atajo de la masía de Cas Cuní, merendaremos bajo una buena sombra y en un momento habremos llegado.

—¿Y la mozuela te va a aguantar todo el camino? —me ha preguntado, mirando a Amàlia.

—Sí, es un pelín largo, pero ya la tengo acostumbrada a andar.

—Por cierto —ha dicho—, ¿cómo llevas todo el asunto ese del libro? ¿Ya has descubierto los trapos sucios de nuestra familia?

—La pelota todavía está en el tejado —me he limitado a contestar—, pero sigo trabajando por otros caminos.

—Tú no dejes de hurgar y si es menester que te eche una mano, solo tienes que decírmelo.

Acabábamos de despedirnos del tío Baldiri cuando, de entre las rocas del camino, ha surgido un fardacho que se ha esfumado de nuevo por las grietas de un muro de piedra seca.

—Cuando yo era pequeña —le he contado a Amàlia para hacerle olvidar el susto— y no me atrevía a hacer algo o tenían que ayudarme, ¿sabes lo que me decía mi abuela?

Amàlia me ha mirado, pícara, pensando que aquella explicación escondía también algún reproche hacia ella.

—«Siempre tienen que sacarte los fardachos del cubil», me soltaba. Y eso quería decir que tenía que despabilarme y aprender yo solita a salir adelante de cualquier situación.

¡Cuánta vitalidad que ha perdido nuestra habla!, pienso, mientras dejamos atrás el fardacho y el muro de piedra seca. Toda esa potencia del lenguaje oral, coloquial, de la calle, se ha diluido en una lengua anémica, uniforme, adocenada.

Hemos perdido espontaneidad, léxico, sabiduría popular y, por lo tanto, un caudal humano y cultural que ha empobrecido a nuestra literatura.

Superada la masía de Cas Cuní, en un camino que se bifurca hacia Pals o hacia la montaña de Quermany, me he podido hacer una idea de cómo era el reducido mundo de mis antepasados. Esa llanura, antes salpicada de pequeñas poblaciones y masías diseminadas, de chozas de carboneros o de pastores, constituía el universo de mis retatarabuelos. Un paisaje compartido con nuestros ascendentes, que recorrían estas tierras con mulos y tartanas por atajos y trochas o por mar, en botes y laúdes. Entre cañizos y rieras de chopos y helechos, los estaños y las ciénagas destacaban en una tierra a menudo seca y maltratada por los vientos. El macizo del Montgrí y el de las Gavarres, como dos contrafuertes imponentes, resguardaban y marcaban los límites de ese mundo que se bastaba a sí mismo para subsistir y resistir con una obstinación que ahora se me antoja casi heroica.

Hemos llegado por fin a la masía Rost, que se halla a los pies de Quermany, al lado de una charca que, cuando yo era chica, me parecía un océano inabarcable. Mingo estaba en el huerto, regando las tomateras y, agachado como un mozuelo, cogía calabacines del surco contiguo. Nos ha visto venir de lejos y se ha alzado ligeramente el ala del sombrero de paja.

—Parece que tenga usted veinte años —le he gritado.

Mingo se ha incorporado lentamente, me ha mirado y ha sonreído en el acto.

—Caramba, hacía un puñado de años que no venías a merendar.

Nos hemos sentado en el porche, bajo una parra, en unas sillas de plástico que desentonaban con la piedra de las paredes y la gran puerta de madera.

—Está usted muy lozano —le he dicho, mientras su nuera nos traía un vaso de agua.

—Cumplí los noventa por la fiesta mayor, chica; y aun me levanto cada mañana a ordeñar y a regar el huerto. Eso sí, ya puedes hablar más alto porque estoy sordo como una tapia. ¿Y esta mozuela tan guapetona es tu hija?

Amàlia ha sonreído halagada y ha seguido a la nuera de Mingo a ver a los patos mudos y a las terneras.

—¿Sabe a quién acabo de ver? —le he dicho—. Al tío Baldiri, cuando veníamos para acá.

—A ese le ha tocado la lotería. Todavía me pego un hartón de reír, cuando le veo. No ha cambiado ni pizca, desde que era joven que vive a cuerpo de rey. Ahora está con una suramericana, ¿verdad?

—Una cubana —he especificado—. ¿Y su nieta, cómo está? Hace tiempo que no la veo.

—¿Maria Rosa? Vive en Torroella. Se casó con un chico de allí y tienen dos mocetes. Trabaja de enfermera y va siempre escopeteada, como toda la juventud de hoy en día. Eso sí, si no tiene guardia, cada domingo viene a comer.

—Dele muchos recuerdos y un abrazo de mi parte, cuando la vea.

—¿Y a ti cómo te van los libros?

—Bien, Mingo, bien. No voy a hacerme rica con ellos pero tampoco puedo dejar de escribir.

—Eso es bueno, chica. Quiere decir que lo llevas metido muy adentro.

Mingo me ha contado cómo era la vida en el campo cuando él era chico y luego cuando ayudaba a su padre y aún más tarde cuando se casó y, ya heredero de la masía, empezó a regentar las tierras y el ganado.

—En el campo hay trabajo todo el año, cuando no tienes que labrar, tienes que sembrar y cuando no hay que curar los frutales hay que rozar las matas con el podón. Es un trabajo fastidioso y la gente joven ya no quiere hacerlo.

Había ido a la recolección del arroz, a la vendimia y también, de jornalero, a segar el trigo.

Mientras me lo contaba todo, iba fumando unos caliqueños que aspiraba con deleite y, de vez en cuando, se sacudía la ceniza que le caía en la pechera. Se ha quitado el sombrero de paja y se ha pasado la mano por una cabellera blanca y plateada pero todavía abundante.

—Si quieres hablar de nuestro trabajo —me ha aconsejado—, habla del tiempo, de las estaciones, pues los payeses somos como relojes que funcionamos según el tiempo y las lunas. Las tareas del campo han cambiado mucho de unos años para acá, pero los payeses siempre hemos sido esclavos de la tierra y del ganado, nos hemos dejado la piel en ello. Yo amo a esta masía y a estas tierras con locura porque nací en ellas, en ellas crecí y en ellas me enterrarán, pero a veces lo habría mandado todo a paseo.

—Tenía que ser muy duro cuando usted era joven.

—Ni te lo imaginas, chica. Era como si la tierra nos hiciera sufrir y a la vez nos lo diera todo. No sé si me entiendes.

—¡Y tanto que le entiendo!

Hablando con Mingo me sentía igual que hablando con Joaninc o con Vicenç, los pescadores: admirada, con deseos de saber transmitir todos sus conocimientos y toda su sabiduría. Pero me sentía también muy ignorante, desconocedora de la mayoría de términos que empleaba Mingo, a quien a menudo tenía que interrumpir para que me explicase qué era aquella planta, aquel arreo o en qué consistía aquella tarea.

—Mira, antes todo era más sencillo y al mismo tiempo más complicado —ha proseguido—. Quiero decir que todo nos lo hacíamos nosotros mismos: la comida, claro está, pero también la mayoría de prendas de vestir, las herramientas, los cacharros de la casa, las medicinas… Y cuando una cosa se estropeaba, no te creas tú que la tirábamos ni que comprábamos una de nueva, como se hace ahora, sino que nos rompíamos la cabeza hasta que la teníamos arreglada o la acabábamos aprovechando para cualquier otra función.

—¡Eso sí que era un buen reciclaje!

—Sí, ¡y tanto! Trabajábamos como esclavos pero también esperábamos y celebrábamos las fiestas anuales de una manera que ahora ya no se celebran: la fiesta mayor, la Navidad, la matanza del cerdo… ¿Sabes cuándo me lo pasaba yo mejor que nunca? Pues cuando la vendimia. Debe de ser porque siempre me ha gustado mucho el vino, que me solazaba recogiendo la uva y, luego, compartiendo una comilona todos juntos. Después, cuando estrenábamos el vino joven, nos lo intercambiábamos con las demás masías de los alrededores para catarlo.

Me ha hablado de las variedades de uva más comunes en la zona, del proceso de elaboración del vino y de las enfermedades de las viñas.

—Antes muchas familias vivían de los viñedos —me ha dicho—. Pero ahora apenas quedan cepas por estos alrededores.

Yo iba rellenando mi bloc de conocimientos, ideas y palabras que me llamaban la atención. La brisa de la tarde nos traía los efluvios de las hortalizas, de los campos y rastrojos y de la tierra mojada.

—Y las mujeres de entonces eran dignas de admirar —comentaba ahora Mingo—, lo sacaban todo siempre adelante, el trabajo y los críos, trajinando de sol a sol, ayudando en las tareas del campo y con el ganado, y encima se levantaban antes del alba para irse al mercado a vender las verduras, las aves de corral y los huevos, cargadas como mulas. Se merecerían un monumento, como mi pobre Remei, que de tanto trabajar se dejó en ello la salud.

—Mingo —le he dicho, para superar aquellos momentos de tristeza—, usted conocía a mi bisabuelo, ¿verdad?

—¿Espiridió de Sa Tuna? ¡Y tanto! —se ha reanimado— ¡La de veces que nos habíamos intercambiado sacos de arroz y de harina por pescado! Durante la posguerra la comida escaseaba y entre payeses y pescadores nos ayudábamos mucho, éramos como hermanos. Hicimos mucha amistad, tu bisabuelo y yo. Dios lo tenga en su gloria.

—¿Y no le dijo nunca por qué le habían puesto ese nombre?

—No, chica. Y eso que charlábamos mucho y siempre estábamos de guasa. Ahora que lo mentas, el nombre era para alquilar balcones. ¿De dónde debían sacarlo?

He vuelto a contar la historia de aquel nombre, pero Mingo tampoco la había oído nunca. Con la promesa de visitarlo de nuevo y con una bolsa hasta arriba de tomates, pimientos y calabacines, nos hemos despedido de aquella casa que aun retenía el olor de cuando yo era pequeña, una mezcla del azufre de las tomateras y el dulzor de los albérchigos.

—Mozuela, cuando vuelvas te dejaré ordeñar a una vaca, como hacía tu madre de chiquilla —le ha dicho a Amalia, que no ha sabido si reír o llorar.

De regreso a casa, le he contado a mi hija la leyenda de la montaña de Quermany, que oculta un tesoro inmenso custodiado por un monstruo, mezcla de oso y de jabalí. Quien sea capaz de hallar la argolla mágica que da acceso a este mundo soterrado y sea capaz de sortear al monstruo y, sobre todo, de dominar la codicia ante tanta riqueza, vivirá en paz y feliz el resto de sus días.

Mientras andábamos, estoy convencida de que Amàlia, aunque recogía ramas de espliego, buscaba la argolla mágica. Tal como yo hice cuando mi madre, una tarde que fuimos a por setas en un bosque de Quermany, me contó la misma historia.

10

El carácter curioso e inquieto de mi bisabuelo Espiridió me ha inducido a pensar que él mismo tenía que haberse preguntado por el origen de su nombre. Alguien como él, amante de las fábulas y las leyendas, de la conversación y las palabras, debería habernos dejado alguna rendija para que pudiésemos ver un poco más allá de las apariencias. Y si queda alguna señal, algún indicio, alguna remota pista de su historia, creo que ya sólo puedo hallarla en la casa de Sa Tuna, donde transcurrió la mayor parte de su vida. Aquella casa donde su padre Tomàs, un trabajador infatigable, lo crio junto a sus siete hermanos. La casa donde creció mi abuela Neus, escuchando historias que luego me contaría a mí. La misma casa donde mi madre, de pequeña, pasaba los veranos recogiendo conchas y ramas de coral en la playa o saliendo en el bote a pescar al volantín. Una casa que, por desgracia, yo ya no pude pisar ni oler ni vivir.

Mi madre recuerda que a finales de los sesenta, ya afectado de bronquitis, Espiridió abandonó la pesca (hacía tiempo que estaba jubilado pero continuaba haciéndose a la mar porque no podía evitarlo, como les pasa a todos los pescadores que la llevan calada hasta las entrañas). Todavía conservaron la propiedad de Sa Tuna bastantes años, seguramente porque les pesaba deshacerse de una casa que había acogido quién sabe a cuantas generaciones y desde la cual se oían, en tiempos remotos, las amenazas de los berberiscos y, aún no hacía demasiados años, el bramido de los lobos marinos, cuya piel los pescadores colgaban en su barca pues decían que alejaba las tempestades. Desde cualquier rincón de aquella casita, mis ancestros habían oído en todo momento el rumor del oleaje, que es como el reloj cósmico de la mar, y habían olisqueado el hinojo de las rocas y la pinaza salobre, porque la mar y el bosque siempre se han buscado como dos amantes furtivos. Finalmente, sin embargo, vendieron aquella casa que era mucho más que una casa y mis bisabuelos, Espiridió y Paulina, se instalaron en la de Begur, que habían comprado a un carpintero empodrecido por el vicio.

La casa de Sa Tuna pasó a manos de un veraneante de Barcelona que la reformó de arriba a abajo y, supongo que aprovechando la especulación urbanística, la revendió unos años más tarde. Del primer propietario nadie, de momento, me ha podido aportar noticia alguna, aunque me bastaría con preguntar en el registro de la propiedad para identificarlo. Del segundo comprador y actual propietario, todo el mundo conoce el nombre, pues es un humorista que se hizo muy popular gracias a una serie de televisión.

Mis intentos de ponerme en contacto con él, sin embargo, han sido un rotundo fracaso. Nadie ha contestado a ninguno de mis correos electrónicos, que he mandado a la dirección que constaba en su página web. Y cuando, gracias a alguien del pueblo que me lo ha proporcionado a hurtadillas, he obtenido un teléfono, siempre estaba apagado, fuera de cobertura o saltaba el contestador, en el que he dejado una infinidad de mensajes inútiles. Finalmente, aun no me explico cómo, he logrado hablar con la que debía de ser su secretaria o su representante o vete tú a saber quién. Le he contado que era escritora, que había escrito y llamado un montón de veces sin éxito y que estaba intentando reconstruir la historia de mi familia, historia que pasaba por la actual casa del famoso humorista. Era evidente que no me escuchaba, le traía sin cuidado todo lo que yo le contase.

—Si quiere contactar con él —ha dicho cortándome, en un tono de menosprecio—, tiene que concertar una cita por escrito.

Se ha producido un silencio, largo, denso, y yo, como solo me ocurre ante las actitudes más arrogantes, he estallado:

—Ah, ¿pero sabe leer?

Me ha colgado.

11

Por fin he podido completar una parte del árbol genealógico de la familia. Le he mostrado a Amàlia aquella hoja imprimida en el ordenador, que mi madre hace días que me reclama, donde mi hija representaba el último eslabón de una cadena de familiares, algunos remotos, sin rostro ni voz, otros cercanos, vivos a pesar de su ausencia, todos unidos por una red sutil, invisible pero absorbente.

—¿Y más atrás —me ha preguntado Amàlia—, quién había?

—No los he puesto en el árbol porque no tengo todos los datos de ellos. Cuanto más atrás quieres llegar, más difícil resulta encontrar información. Es como si toda aquella gente no hubiera existido nunca o como si ya todo el mundo los hubiera olvidado para siempre. Pero algún día, cuando tenga tiempo, lo seguiré intentando.

—¿Y qué hacía toda esa gente?

—No lo sé de cierto, pitusa, aunque algo sí que podré contarte.

Y así me he sorprendido a mí misma, como una abuela centenaria que, sentada en un balancín ante la lumbre, va desovillando las luces y las sombras de su linaje.

El árbol nace con la sufrida existencia de mis retatarabuelos Eladi y Helena, que no podían ni intuir cómo se acabaría especulando con cada palmo de la tierra que ellos habían andado, trabajado y sudado. El bosque, la mar, los campos eran su mundo, su país y dictaban sus propias leyes, a veces brutales y bárbaras, y otras veces más compasivas, aunque siempre implacables.

—¿Y tenían perro? —me ha pedido Amàlia, mientras yo le contaba detalles acerca de la masía.

—Lo más seguro es que sí —he dicho yo, que no había reparado en semejante detalle—. Todas las masías solían tenerlos para que vigilasen la casa y ahuyentaran a los zorros que se comían a las gallinas.

—¿Y cómo era?

—¿Tú cómo te lo imaginas?

—A ver… —ha dudado un momento, con la misma expresión que su abuela, y luego ha ido paseando la mirada de Bruc hacia Ham y viceversa—. Sí, ya lo tengo: era grandote, negro y peludo.

—Pues así va a ser —le he dicho, mientras lo anotaba en el bloc.

—¿Y cómo se llamaba?

—No lo sé, podemos buscarle nombre entre las dos.

Amàlia ha pensado un rato y finalmente ha dicho:

—No se me ocurre ningún nombre que me guste.

—Podemos jugar al juego de los parecidos —le he propuesto—, a ver si eso te ayuda. Veamos, me has dicho que era negro, grandote y peludo, ¿no? Piensa: negro como…

—¡Una cherna! —ha exclamado en seguida—. Es lo que siempre dice la nana.

—¿Y tú sabes lo que es una cherna, pitusa?

—Es un pez muy grande y muy oscuro —ha respondido, como si aquello fuera una pregunta de examen—. El yayo me enseñó uno mientras pescábamos un día en Aigua Xelida.

—¡Pues ya tenemos el nombre! A mí me gusta mucho. ¿Y a ti?

—A mí también. Pero ahora en vez de un perro tendrá que ser una perra.

—Eso es lo de menos. Será una perra y no se hable más —le he dicho, cuando ella ya irrumpía con una nueva pregunta que destapaba la odisea del coral.

Las condiciones de los coraleros eran de extrema dureza, las grandes naves y los pequeños laúdes se exponían a las inclemencias de la mar y los marineros corrían el riesgo de caer enfermos durante el viaje o de ser capturados por los piratas. Durante largo tiempo el coral fue moneda de cambio en el tráfico de esclavos, que de una manera reprobable relanzaba este negocio. Las campañas llevaban a los coraleros a tierras desconocidas e inhóspitas, con medios de pesca rudimentarios y sistemas de navegación que se confiaban al sol durante el día, y a la estrella polar y a la Osa Menor durante la noche. Por todo ello, pues, aquellos viajes se han convertido en fuente de tantas y tantas leyendas y mitos, de historias insólitas y rocambolescas.

—¿Y Eladi era coralero, mamá?

—Pues sí. Ahora voy a contarte cómo hacían ese trabajo.

Y he hurgado en mi memoria para rescatar las palabras de Joaninc y de todas las lecturas de las últimas semanas. Así le he podido contar cómo los coraleros trabajaban y remaban todo el día, desde las primeras luces, hasta el límite de sus fuerzas. Cuando el coral se hallaba a gran profundidad, o cuando algún aparejo se enrocaba, descendían a pulmón libre, arriesgando la salud y jugándose el físico. A menudo, la falta de oxígeno provocaba daños cerebrales irreversibles y muchos coraleros acababan en un estado lamentable, con graves secuelas físicas y mentales (lisiados, con parálisis diversas e inclusive encerrados en manicomios infrahumanos, lo que no he contado a la niña). Para resistir tantas horas en la mar, bajo el viento, la lluvia y el frío, se impermeabilizaban la ropa con dos capas de aceite de linaza o de pescado. Vivían cada hora en tensión, siempre al quite, incluso a menudo armados para conjurar cualquier peligro, ya fuera el ataque de los nativos o de los piratas, la competencia feroz de los coraleros italianos, o los riesgos del propio trabajo, que les iba desgastando el cuerpo y la mente.

La comida se componía de restos, monótona y escasa, y se tomaba deprisa y corriendo, en cualquier lugar, como bestezuelas siempre al acecho. En las costas norteafricanas, la langosta era abundante y se enredaba a menudo en las redes, de modo que los coraleros decían que estaban hartos de comerla.

He recordado lo que leí en un libro, pero también se lo he ahorrado a la niña: tal era la soledad y la angustia que sufrían algunos coraleros, que incluso podía llevarles al suicidio (algunos contratos de expedición preveían clausulas para dicho caso y disponían que los familiares del difunto solamente iban a cobrar por las horas trabajadas). Al terminar la tarea, el bramido de un cuerno marino servía para que todos los laúdes se reunieran y regresaran juntos a la nave para pasar allí la noche.

Mientras duraba la expedición de coral, el pueblo quedaba prácticamente desierto de hombres y se decía que las mujeres podían pasearse por sus calles en enaguas.

—¿Qué son enaguas, mamá?

—Eran como unas braguitas largas que llevaban entonces las mujeres.

Mujeres que durante meses tenían que azacanarse, como la retatarabuela Helena, haciéndose cargo de la casa, del ganado y de los huertos y campos, haciendo frente a las carencias del día a día y cuidando a los críos. Al regresar al pueblo, tras las largas campañas, curtidos por el sol y enflaquecidos por la dureza del viaje, los coraleros eran recibidos como héroes, con grandes celebraciones que solían coincidir con las fiestas mayores de San Pedro o de Santa Reparada. Había bailes y jarana, y comidas especiales, y la dicha se expandía entre muchas familias (mientras otras lloraban a sus difuntos, los que se habían ahogado o aquellos que, pese a volver, lo hacían como muertos en vida). De hecho, cada regreso era un pequeño milagro que agradecían a la Virgen del Coral durante generaciones.

La extracción de coral era de una importancia tal para la economía de Begur, que incluso creó dos calles: la de Vera y la de San Antonio, así bautizadas porque eran poblaciones de Almería y de Alicante donde los lugareños se desplazaban en busca de coral.

—¡La calle de Vera es donde viven los yayos! —lo ha dicho con entusiasmo, como si por primera vez se diera cuenta de que toda aquella historia era cierta y cercana.

No obstante, aquellos aventureros no podían ni imaginar que, en pocos años, el descubrimiento de un banco de coral en Sicilia y la explotación de las costas japonesas iban a provocar una profunda crisis que había de cambiar los hábitos de los coraleros ampurdaneses. Algunos buscarían nuevos sistemas, nuevos mares o, incluso, nuevos productos; otros retornarían al campo y a la pesca tradicional; y algunos se convertirían en el proletariado del nuevo motor económico de algunos pueblos: la industria del corcho. Casi todos seguirían viviendo al límite de la miseria o en un equilibrio muy frágil entre lo que capturaban en la mar y lo que extraían de la tierra. Solo unos cuantos cruzarían el Atlántico y, de entre ellos, unos pocos amasarían una fortuna, que luego iban a exhibir en las ostentosas casas de americanos que hoy decoran las calles de nuestros pueblos (algunas construidas también gracias al capital que generaba el tráfico de esclavos).

El dedo de mi hija ha reseguido las ramas del árbol y su mirada elocuente me pedía ahora cómo transcurría la vida de mi tatarabuelo Tomàs, un humilde pescador de Sa Tuna, páparo y austero.

—¿Y por qué le llamaban Tomàs el de la Heura? —me ha pedido Amàlia.

—Pues porque nació en esa masía. ¿Te acuerdas que te lo conté el día que la visitamos?

—Ah, sí, y también me dijiste que luego, cuando aún era muy pequeño, ya se marchó a vivir a Sa Tuna.

Por aquel entonces Sa Tuna era una cala alejada de todas partes, de cuatro pescadores que extendían las redes en la playa de S'Eixugador para secarlas al sol y remendarlas, de barracas encaladas junto a la mar, de calma antigua y vida ruda. Una cala donde los indianos se habían construido sus residencias veraniegas y tomaban el fresco en patios enrejados, bajo arcadas precedidas por magnolias o palmeras que les evocaban la tierra donde se habían lucrado. En aquella quietud, que solo era pintoresca para los ricos y los ociosos, mi tatarabuelo Tomàs y mi tatarabuela Fina tenían que subir a ocho críos (dos más habían fallecido al poco de nacer) y bregar cada día con la mar para que se mostrara generosa y les llenase el bote de pescado.

El primogénito, bautizado Espiridió, era un mozuelo despabilado y curioso, que habría querido seguir en la escuela, pero que tuvo que dejar los estudios para aprender el oficio de pescador y echar una mano a la familia. Mientras tanto, en una destartalada masía de las afueras del pueblo, la bisabuela Paulina, hija de míseros payeses, ayudaba con el ganado y con las tierras a la vez que empezaba a trabajar de sirvienta en las casas de los ricos. Una vez casados, mi bisabuelo se pasaba horas en la mar para ganarse el pan y mi bisabuela, enjuta e incansable, subía desde Sa Tuna a pie, por trochas y senderos hoy asolados por el cimiento, cargada con una cesta y unas balanzas, para vender el pescado en la plaza de Begur (en un lugar conocido como «el rincón del pescado»). Poseían cuatro bancales de tierra que cultivaban como huerto y un burro que trajinaba herramientas y frutos por sendas pedregosas. No era tampoco una existencia fácil aunque, en el ocaso de sus vidas, ya pudieron gozar de las comodidades y las mejoras del progreso (material, claro está). Y un montón de preguntas me iban surgiendo en silencio: ¿cómo asimilaron todos esos cambios? ¿Cómo asumían la transformación de su paisaje, del trabajo, de los hábitos y de las costumbres del pueblo, de las fiestas y celebraciones? ¿Cómo hacían suyo un mundo que cambiaba tan de prisa?

Y yo ahora hablaba por boca de Vicenç Ferriol, recuperando sus recuerdos de infancia sobre los guijarros, las rocas y las aguas de Sa Tuna.

Por aquella época todavía iban a vela, nos contó Vicenç, mirando de reojo el motor de la chalana, y pescaban con el fogaril: una especie de jaula de hierro donde quemaban teas de pino para iluminar la mar y atraer a los peces. Y nos aseguró que aún había conseguido ver la prensa y el trujal que había en Sa Tuna, que entonces estaba rodeada de bancales de olivos, viñas y algarrobos. «En las rocas aún hay bolardos donde se amarraban las barcas que venían a cargar el vino», me contó, señalándome con el dedo uno de aquellos lugares.

Cuando hacía mal tiempo o cuando había claro de luna, se aprovechaba para teñir las redes de algodón o de lino a fin de que mantuviesen una capa impermeable y su color se confundiera con el de la mar. Las metían en grandes pilas, con corteza de pino, y las hervían durante horas con la leña que habían recogido en los bosques cercanos. En Sa Tuna, existía un lugar llamado Es Catius, donde todos los pescadores llevaban las redes a tintar (su nombre proviene de «los Cautivos», una asociación para redimir a los prisioneros de los piratas).

Era gente acostumbrada a sufrir, dura y hecha a todo, pensaba yo, mientras Amàlia reseguía con rotulador rojo los nombres y las vidas de los antepasados que nosotros ya habíamos revivido. Esas vidas tan próximas a la naturaleza: se sabían de memoria cada palmo de mar, cada despeñadero, cada arrecife y cada roca, conocían las plantas medicinales, las bestezuelas del bosque, los frutos silvestres, las lunas y los vientos… Me figuro su existencia igual que una lucha diaria y tenaz, pero también impregnada de una fortaleza y una dignidad, de una resignación serena, que solamente puedo intuir.

—Y estos eran tus abuelos, ¿verdad, mamá?

—Sí, la yaya Neus y el yayo Manel. Los quería mucho, ¿sabes? Se murieron los dos en un accidente, poco antes de que tú nacieras. Me habría gustado mucho que te hubieran conocido… Aún los echo mucho de menos —he dicho, reprimiendo el llanto como me sucede tan a menudo cuando hablo de ellos.

Mis abuelos se conocieron en l'Estartit, donde mi abuelo Manel trabajaba de pescador, hijo también de una larga estirpe de gente de mar. Un día que repintaba la barca vio, de lejos, a una muchacha decidida y garbosa que andaba descalza por la ribera: era mi abuela, que había venido con su padre, Espiridió, a los sardinales. No sé muy bien cómo fue la cosa, pero mi madre siempre dice que fue «un arrechucho de amor» y que al cabo de poco ya estaban saliendo. Cuando mi madre era pequeña, mi abuelo, un hombre emprendedor y tal vez un poco inconsciente, deslumbrado por el crecimiento turístico, quiso montar un camping en donde había los viñedos de la familia, y resultó ser un fracaso estrepitoso (este era un episodio que valía más no mencionar). Endeudado y probablemente humillado, regresó a la pesca y desde entonces y durante toda su vida repitió una frase que me ha quedado grabada para siempre: «El turismo lo acabará echando todo a perder. Y la culpa será solo nuestra». Quizás el abuelo Manel tenía razón y era un visionario, pero el caso es que el turismo mejoró las condiciones de vida de mucha gente, aunque al final hayamos pagado por ello un precio altísimo. El turismo abrió puertas y a la vez condujo a callejones sin salida, ensanchó mentalidades y al mismo tiempo compró consciencias, arrasó un mundo y creó otro del cual somos hijos, aunque no estoy segura de si legítimos o bastardos.

—Y esos de ahí creo yo que los conoces, ¿no? —he dicho, señalando sobre el papel el nombre de sus abuelos. Amàlia me ha mirado sonriente, como si ahora ya todo fuera más tangible, más auténtico.

Mi padre nació en Sant Aniol d'Aguja, un pueblecillo de la Alta Garrotxa hoy abandonado. Habitaban una masía remota, al lado del molino, y cada día tenía que levantarse de noche para ir a la escuela de Montagut, andando por un sendero que descendía junto al río, doblando recodos entre precipicios, por donde también se habían apresurado pastores y carboneros, bandoleros y contrabandistas, maquis y gentes que huían hacia el exilio. Vivían del ganado, de las aves, que encerraban en una cueva natural, y de un pequeño huerto resguardado en una llanura. Pescaban en el río y aún hacían carbón con leña de encina para venderlo a los pueblos de los alrededores. Cuando en aquel pueblecillo rodeado de congostos y prados ya casi no quedaba ni un alma, mi padre, que siempre ha sido un hombre mañoso, se vino a l'Estartit para trabajar de peón en uno de los hoteles que se estaban levantado al lado de la playa («Querían ver el mar y lo que hacían era taparlo con aquellos armatostes», me diría muchos años después). Como fuera que mi madre era rubia y de ojos claros, él pensó que era una de las extranjeras que pasaban allí las vacaciones y con un esforzado inglés con acento de la Garrotxa la piropeó y la cortejó (como dice siempre él).

—¿El yayo sabe inglés? —me ha pedido Amàlia, sorprendida.

—¡Ni por asomo! —he dicho, riendo—. Repetiría cuatro palabras de las que debía de oír cada día a los demás trabajadores. El caso es que la nana se dio una panzada de reír y él se puso rojo como un tomate. Pero fue así cómo se conocieron. Luego se casaron y se vinieron a vivir a Begur.

Se ha hecho un silencio y ambas hemos concentrado la mirada en un mismo punto del papel. Sabía a ciencia cierta que Amàlia no me iba a preguntar por su padre: es un asunto que, hoy por hoy, tenemos bajo control, porque a cierta edad los niños aceptan los hechos con más madurez y naturalidad de la que les suponemos. Ya sé, sin embargo, que es un asunto larvado, latente y que algún día, probablemente cuando la adolescencia irrumpa en la vida de mi hija, tendré que hablarle de aquel hombre al que amé y odié con la misma intensidad. Me imagino que querrá buscar a su padre, que le querrá conocer, que se sentirá desconcertada o incompleta. No lo sé, solo lo supongo. Y también he de suponer que estaré preparada para enfrentarme a todo ello y ofrecerle respuestas, pero tampoco puedo estar segura de mis recursos para conseguirlo.

—Y ahora ya vienes tú, mamá —me ha dicho, como si fuera el desenlace de la historia, la culminación de toda aquella tarde. Y un círculo rojo, irregular, contenía mi nombre, un nombre larguirucho y simbólico, como todos los nombres, a fin de cuentas, que ahora parecía desprovisto de cualquier significado.

—Sí, ahora vengo yo —he dicho, pensando en voz alta, como si Amàlia no me escuchara o estuviese muy lejos.

Sí, ahora veníamos los de mi generación, hijos de los hijos de la posguerra. Una generación que, poco a poco, con el paso del tiempo, iría adquiriendo la consciencia de puente, de bisagra entre dos épocas. Llegábamos cuando los años sesenta, aquel supuesto paraíso que había estallado en la juventud de nuestros padres, ya era un recuerdo mítico, y cuando una nueva década se abría como una etapa anodina, sin grandes sobresaltos pero sin grandes emociones, con las necesidades cubiertas y la tele en el comedor. Venía una niña tozuda e impulsiva, a veces arisca, a veces charlatana hasta resultar insoportable. Una niña que, por lo que puedo recordar, se pasaba horas tumbada en el suelo pintando casas donde nunca habitaría y leyendo aventuras que no viviría jamás. Una adolescente que se angustiaba a cada examen, una universitaria radical y subversiva que se metía en todos los follones posibles, una chica que quería ser escritora para dar las gracias a la literatura y para intentar entender una vida que, tan pronto como quería atrapar, se le escurría de las manos. Una licenciada en clásicas, una empleada de Correos y Telégrafos, una pieza anónima de un sistema irracional y despiadado. Una mujer contradictoria, como todas las mujeres y todos los hombres, que luchaba para ser feliz. Una madre soltera que miraba a su hija con una mezcla de orgullo, de inquietud y de gozo.

—Y ahora vienes tú —le he dicho a Amàlia, cogiéndole el rotulador rojo—. Y tú tienes un poquito de todos estos antepasados, un pedacito de cada uno de ellos. Por eso a veces nos parece que hay momentos que ya hemos vivido, ¿verdad que sí? Pues lo que pasa es que son momentos que vivieron nuestros antepasados, pero que nos han hecho llegar a nuestra memoria a través de los genes.

No sé si mi hija me ha comprendido, pero el caso es que, quizá inconscientemente, ha trazado una línea roja que unía todos aquellos nombres y todas aquellas vidas, por remotos e impenetrables que fueran.

12

El teléfono me ha despertado de la siesta y me he levantado confusa, sudada, con una sensación de desasosiego en el estómago. Llamaban al número equivocado. Maquinalmente, casi como un acto reflejo o quizás defensivo, he anotado de inmediato el sueño en un bloc, con una letra grande y tosca. A medida que me iba espabilando, el sueño se iba volviendo lejano, difuminándose hasta reducirse a un objecto informe que, a pesar de perseguirlo, no lograba atrapar.

—¿Quieres bajar a Sa Tuna? —le he propuesto a Amàlia, que holgazaneaba ante el televisor.

—¿Podré bañarme?

—Si te das prisa sí, que quiero aprovechar la tarde y hacer otras cosas.

La punta de Es Plom, como una mano extendida y protectora, acariciaba las aguas de Sa Tuna que, a pesar de la muchedumbre, parecía una cala serena, como si la prisa siempre pasara de largo. La casa que perteneció a mi familia, que en otros tiempos era una humilde barraca de pescadores, era ahora una lujosa casa de veraneo en un lugar privilegiado, frente a la mar, un bien inasequible y exclusivo. He tocado el timbre, pero la vivienda permanecía cerrada a cal y canto, impasible a mis inquietudes.

He contemplado la fachada como si aquel edificio, que tal vez ya no retenga ninguna de sus piedras originales, me hubiera de suscitar toda la historia de la familia, todos los secretos que, según el tío Baldiri, cualquier familia oculta. Sin embargo, se ha revelado como un objecto distante, ajeno y casi hostil, como si fuera ese mismo objeto informe que aparecía en el sueño.

—¿Ya me puedo bañar, mamá? —Amàlia me ha liberado de una especie de dolor que me oprimía.

—Sí, pero aquí hay demasiada gente. Iremos hasta la cueva de Els Capellans[10].

---

10   «Els Capellans» significa los curas, los sacerdotes.

Naturalmente mi hija ha querido saber por qué aquella cala tenía ese nombre tan curioso. Entonces le he contado que los curas no deseaban que nadie les viera mientras se bañaban y, puesto que está oculta entre las rocas, quedaban a resguardado de miradas indiscretas. Amàlia ha sonreído y me ha pedido que le mostrara más sitios «con nombres divertidos».

Hemos recorrido el camino de ronda de vuelta hacia Sa Tuna, riendo y bromeando. Protegidas bajo un pino enorme, sentadas en una roca y dominando toda la bahía, he sentido la necesidad de recontar a Amàlia, en el mismo lugar donde empezó todo, la historia de Espiridió.

—Antes no me lo contabas así —ha dicho cortándome, al cabo de un rato. Y me he dado cuenta de que, ciertamente, ya no le estaba contando el relato familiar sino mi relato, el que yo había escrito y seguía reescribiendo.

Los ojos de mi hija centelleaban de emoción y a mí se me ha quebrado la voz mientras pensaba que, aunque el relato fuera pura fantasía, yo se lo seguiría contando con el mismo convencimiento con el que me lo contó mi madre. Contarlo, compartirlo, perpetuarlo era una forma de dar las gracias y también una manera de entrelazar a unas generaciones con las otras. Mantener viva aquella historia era mantener vivos a nuestros muertos.

—Mamá —me ha preguntado ella, justo al terminar la narración—, ¿ahora ya sabes si la historia es verdad?

—Sí, pitusa —le he contestado, sin dudar—. Es verdad.

Una vez en Sa Tuna, he dirigido una última mirada a la antigua casa de la familia: el sol perfilaba en su fachada las sombras temblorosas de un tilo y la tornaba movediza como un espejismo. Antes de subir al coche, he cogido la carta que escribí, en uno de mis arrebatos, al famoso humorista de la televisión. Eran un puñado de líneas para desahogarme y una retahíla de reproches e insultos más o menos ingeniosos. Me he sentido tentada de meterla en el buzón del que un día fue nuestra casa. Al final, sin embargo, he pensado que no valía la pena, porque el famoso humorista no iba a entender nada de nada. He pensado que, a fin de cuentas, me podían quitar la casa, pero este paisaje no me lo podrían arrebatar jamás pues, aunque lo prostituyeran o la destruyesen día a día, yo ya lo llevaba muy adentro, vivido, guardado, escrito, impreso en el alma y en la piel.

—¿Qué te pasa, mamá? —me ha preguntado Amàlia, cuando he entrado en el coche como una posesa y he arrancado como una fugitiva.

—Nada, pitusa. No le hagas caso a mamá, que cada día está peor.

13

He podido identificar al primer comprador de la casa de Sa Tuna y he podido hablar con él hoy mismo. No ha querido que divulgara su nombre, si bien me ha tratado con cordialidad y ha mostrado interés por mi búsqueda.

—Suena a novela, toda esta historia —me ha dicho.

—Sí —he reconocido— y a lo mejor lo acabará siendo. A ver si usted me puede echar una mano con todo este asunto.

—Pues mira —se ha explicado—, compré la casa como inversión, la reformé y la estuve alquilando durante los veranos hasta que me llegó una buena oferta para venderla —aquí ha mencionado el nombre del famoso humorista de la serie, que no pienso repetir para no darle ningún tipo de publicidad—. La verdad es que solo pasé en la casa alguna temporada por Semana Santa, aunque durante un tiempo pensé en quedármela, pues el sitio es ideal. Tu bisabuelo, ¿era tu bisabuelo, verdad?, y yo nos entendimos en seguida. Era un buen hombre. No recuerdo haber encontrado ninguna clase de papeles ni objetos de la familia, porque la vivienda estaba vacía en el momento de comprarla. Lo siento, no sé cómo puedo ayudarte. Todo lo que te puedo decir es la empresa que se encargó de las obras de la casa. ¿Conoces a Quimet Mauri?

—Por supuesto —le he dicho—. Aquí nos conocemos todos aún.

14

La confianza que tengo con la gente del pueblo, basada en esa complicidad que otorga un paisaje, un talante y un habla comunes, me ha dado ánimos para presentarme en casa de Quimet Mauri sin avisar y preguntarle por unas obras que se llevaron a cabo hace casi cuarenta años.

Quimet, hoy un anciano octogenario, ha sonreído con complacencia cuando me he presentado con las palabras mágicas.

—Soy la bisnieta de Espiridió.

Nos hemos sentado en un sofá, cerca de la ventana que daba al Camí de Mar[11], que es a fin de cuentas a donde van a parar casi todas las calles y sendas del pueblo.

—Mira, Paquita, una bisnieta de Espiridió de Sa Tuna.

La mujer ha sonreído, me ha preguntado por la familia y me ha ofrecido algo para beber. Ahora la oíamos trajinar por la cocina.

---

11   «Camí de Mar» significa Camino de Mar (N.T.)

Quimet recordaba muchos detalles de las obras de remodelación que se hicieron en la vivienda y me ha citado, uno por uno, todos los trabajadores que por aquellas fechas formaban la plantilla de su empresa.

—La casa era un poco rara porque de dos viviendas habían hecho una —me ha contado, mientras su esposa aparecía con unos vasos de zumo y un plato de galletas—. Supongo que compraron la barraca de al lado y luego se cargaron la pared para ganar espacio.

—Los jóvenes no saben lo que es una barraca de pescadores, Quimet —ha intervenido Paquita, como si aleccionara a su marido. Quimet me ha mirado con desconcierto y ha mostrado intención de aclarármelo.

—Sí, sí que lo sé —he dicho—. La barraca o la «tienda» era una especie de cabaña donde guardaban todos los aparejos de pesca y los utensilios. Y en el piso de arriba solían tener la casa, ¿verdad?

—Eso mismo —ha dicho él, como si le hubiera quitado un gran peso de encima.

—¿Y usted no recuerda haber encontrado ningún papel, ningún documento? —he preguntado, antes de que me siguiera dando más detalles arquitectónicos.

—Ni uno, que yo sepa. Dentro de la vivienda me parece a mí que ya no quedaba nada de nada. A tu bisabuelo le supo muy mal vender la casa, pero entonces ya estaba jodido y no podía salir a pescar.

He dejado que el anciano se explayara contándome que a menudo echaba la partida en el Casino con mi bisabuelo y que, de vez en cuando, habían ido de caza con mi abuelo por los montes de la masía de la Heura.

—Quimet, ¿usted sabe por qué mi bisabuelo se llamaba Espiridió? —he preguntado, aprovechando un momento de silencio.

—Coño, ahora sí que me pillas con el culo al aire. Pues no, no tengo ni idea. ¿Crees tú que este nombre está en el santoral? —me ha preguntado, y acto seguido ha llamado a su esposa, que volvía a estar en la cocina—. Paquita, ¿tú sabes por qué Espiridió se llamaba así?

—Ay, chiquilla —ha respondido Paquita, saliendo de la cocina con un manojo de perejil—, en tu familia se ponían unos nombres muy raros.

Les he contado la historia del porqué del nombre, pero me han dicho que no la habían oído nunca. Nos hemos pasado la tarde charlando y tomando zumo de naranja con galletas de coco.

15

A pesar de que he reunido pruebas que permiten justificar la narración oral, me he quedado enrocada porque algunas de estas pruebas insinúan unos sentimientos, unas emociones, que se obstinan en confundirme y a poner trabas al relato. Quiero que los lectores revivan los apuros de esos personajes y que comprendan los motivos de cada uno de ellos para haber actuado como actuaron (no es preciso que estén de acuerdo con ellos, solo que les entiendan, que no es lo mismo). Me interesan las historias que dejan poso, que acompañan al lector durante días y días, que lo interpelan, que lo sacuden, que lo acogen. Me interesa la literatura que se lee y se relee como un paseo: por el placer de pasar y volver a pasar, a través de las palabras, por cada rincón y cada recodo del camino descubriendo siempre nuevos detalles, nuevos matices. De momento, sin embargo, debo admitir que no he sabido enfocar la historia de modo que todo esto se muestre y se manifieste por sí solo, sin ofender a la inteligencia del lector. A menudo pienso que si un libro no ha de ser mejor que su autor, es preferible que no lo escriba.

He de hallar, pues, el error de base que frena el crecimiento de esta historia, que la lastra y me hace malgastar tanta energía. Durante la creación de mi último libro, una novela corta que se acabó publicando con el título de *Pellizco de monja*, sufrí una parálisis similar. Había ya avanzado considerablemente en la obra cuando me di cuenta de que la narración se iba dispersando, el ritmo se entrecortaba y los personajes comenzaban a languidecer. Con todo, insistí en intentar salvar lo insalvable. Correcciones, retoques y escamondas de nada sirvieron. Al fin, comprendí que la solución tenía que ser drástica: tirarlo todo a la basura y empezar otra vez de cero. La pereza es uno de los peores enemigos de un escritor.

El libro, pues, tuvo una gestación difícil y un parto doloroso. Esta vez la crítica literaria fue, en general, dura, por momentos encarnizada, con la obra y con su autora: «Un libro que vaga entre la novela y el relato y que no responde a las expectativas creadas con su anterior novela, *La doble verdad*. Todo el edificio argumental se tambalea porque la autora, como la protagonista de la novela, duda y divaga ante las situaciones más comprometidas». «*Pellizco de monja* es una acumulación de desaciertos, una novela tan corta como precipitada y vacilante, que la autora no ha sabido resolver, probablemente porque tampoco ha sabido plantearla».

—Gona, eres como uno de esos autores malditos —intentaba animarme Rita, aderezándolo con humor— ¿Qué les has hecho? Van a por ti.

—Me parece que les he desconcertado —argumentaba yo—. A lo mejor se creían que, después de todos los piropos de la última novela, iba a seguir por el mismo camino. Pero si te digo la verdad, ahora mismo me veo incapaz de valorar la novela: no sé si lo que he escrito vale la pena o es un bodrio de arriba abajo.

Hoy, sin embargo, releída desde la distancia, me doy cuenta de que la novela no estaba lo bastante madura para publicarse, que debería haberla dejado reposar un tiempo y retomarla después con otra mirada. Los escritores siempre deseamos publicar, siempre queremos ver cómo se cierra el círculo de nuestro trabajo, que lo hace precisamente cuando la obra llega a los lectores. Por eso nos cuesta tanto aceptar y digerir un no. Por eso nos duele tanto un no. A veces esos noes son inmerecidos y crueles pero, con el correr del tiempo, se vuelven providenciales, casi proféticos, pues abren otras puertas y acaban por situar a la obra en el sitio donde se merece (la historia de la literatura está repleta de ejemplos). Sin embargo, en otras ocasiones estos noes son oportunos y justos y los buenos editores deben saber pronunciarlos sin vacilar y con todos los matices que convenga, porque su trabajo consiste también en saber temporizar las publicaciones y sacar lo mejor de sus autores.

16

—Noto que me he quedado estancada —le digo a Rita, que descorcha una botella de riesling alsaciano, su favorito—, como si la historia hubiera topado con una presa invisible.

—A lo mejor es solo una poza —observa ella, recordando mi metáfora de la prosa que debe fluir como un río.

—Más bien una laguna.

—Agua en calma. A mí me evoca equilibro, serenidad…

—No, Rita, el agua estancada se llena de lodo y se acaba pudriendo.

Ella olisquea el tapón y acto seguido llena las copas, como si no me hubiera oído. Sin embargo, la conozco demasiado bien: solo está ganando tiempo.

—¿No será el miedo lo que te bloquea? —sugiere finalmente.

—¿Qué miedo?

—No sé, miedo de que la crítica vuelva a cargar contra ti, como pasó con tu último libro. O miedo de ti misma, de cometer los mismos errores o de dejarte arrastrar por las mismas dudas. A lo mejor inconscientemente es todo esto lo que te paraliza y no deja que la historia avance.

—Tú sí que me das miedo, a veces —le confieso, porque después de tantos años todavía me sorprende cómo sabe destapar todas mis contradicciones.

17

Después de tantas decepciones, quiero acogerlo todo con escepticismo, pero la llamada de Quimet Mauri reactiva mi confianza. El viejo contratista ha tenido la gentileza de ponerse en contacto con el albañil que trabajó en la casa para pedirle si encontró algo durante las obras.

—Ha sido coser y cantar, chica —me comenta, jovial—. Se acordaba muy bien de la casa y de tu bisabuelo, pues se ve que Espiridió se lo había llevado de vez en cuando de pesca. Resulta que su peón, que en paz descanse, encontró unos fajos de papeles dentro de unas cajas de madera en un falso techo, mientras repicaban la pared.

—¿Y qué hizo con ellos? —no me lo acabo de creer y mi voz sale opaca, como oprimida.

—Pues el peón lo echó a los contenedores de los escombros. Pero luego el albañil lo cargó en el camión y lo llevó todo al ayuntamiento. Si es menester que te ayude, puedes venir a casa cuando te parezca —ha concluido.

No sé qué decirle, pero justo antes de que cuelgue se me ocurre una pregunta.

—Quimet, ¿usted me podría dar el nombre y el teléfono de ese albañil?

—¡Faltaría más, chica! Apunta…

18

Llamo en seguida a Antonio Martos, pero comunica. Desde el despacho veo cómo Amàlia intenta trepar al níspero y me contengo para no convertirme en una madre sobreprotectora. Vuelvo a marcar el número del albañil, que me cuenta que ahora ya está jubilado y bastante delicado de salud y que ha vuelto a su añorado pueblo de la Sierra de Cazorla. Le muestro mi sorpresa por el hecho de que decidiera rescatar aquellos papeles y se tomara la molestia de llevarlos hasta el ayuntamiento.

—Es que parecían muy antiguos. No sé cómo decirte…, importantes, y me supo mal dejarlos ahí *tiraos* en los escombros —argumenta.

Estoy tan abrumada, que apenas suelto un débil «gracias».

Cuelgo con lentitud, digiriendo el mensaje. Salgo afuera y ando por el jardín, necesito manifestar de alguna manera mi inquietud. Amàlia me saluda desde lo alto de una rama.

No puedo concentrarme en ninguna idea: solamente una vaga sensación de vértigo y angustia que de súbito se transforma en euforia o en reticencia.

Ya más sosegada, me pregunto por qué Antonio no entregó el hallazgo a mi bisabuelo Espiridió, aunque supongo que si lo salvó de entre los escombros debió de pensar que su peón ya lo había hablado con mi bisabuelo o que aquello no tenía ningún valor para la familia. Estoy tentada de volver a llamarle pero me sabe mal importunarlo y pienso que, en el fondo, da lo mismo. En vez de llamarlo, pues, llamo a mi madre y a Rita para ponerlas al corriente de las noticias.

—Hija mía, me dejas de piedra —dice mi madre, que llega a la conclusión de que si aquel obrero lo encontró en algún lugar oculto de la casa, ni el propio Espiridió debía conocer la existencia de aquellos documentos.

—A lo mejor lo escondieron porque había algún documento comprometedor, que no se podía destruir pero que al mismo tiempo era mejor mantener escondido —digo, pues este hecho corroboraría mi teoría de las dos historias: la oficial y la oculta.

—También podría darse el caso de que el material que encontraron no fuera del interés de tu bisabuelo, y por eso el peón lo tiró a los escombros —es la hipótesis de Rita, con la que hablo a continuación.

—Sí, yo también he pensado algo parecido —digo, cambiándome el móvil de oreja, después de tanto rato al teléfono—. En cualquier caso, es un misterio que ya nadie nos va a poder aclarar.

—Una cosa sí está clara: la realidad supera a la ficción —asegura Rita, y yo emito una especie de bufido que deja la frase en suspenso—. Sí, ya sé que detestas los tópicos, pero déjame terminar. Lo que quiero decir es que si te hubieras inventado toda esta historia de los papeles escondidos, te habrían tildado de fantasiosa o te habrían dicho que era una propuesta forzada, ¿no te parece?

—Sí, quizá sí. Aunque yo más bien diría que la ficción supera a la ficción o que la realidad supera a la realidad… En fin, no me hagas mucho caso, porque ya no sé ni lo que me digo —suspiro ruidosamente—. ¿Nos vemos esta noche? A ver si ya he podido sacar algo más en limpio.

No sé cuál debió de ser el recorrido de estos papeles, pero un viernes por la tarde ya no voy a encontrar a nadie en el ayuntamiento y tendré que esperar hasta el lunes por la mañana para escaparme un momento del trabajo —si es posible— e intentar averiguar más detalles.

A pesar de la serenidad y de la incredulidad que quiero aparentar, bullo por dentro.

19

Lentamente, como un goteo, las calles y las playas se empiezan a vaciar de turistas y de veraneantes (que no son exactamente lo mismo). El pueblo respira. Como quien se desabrocha los pantalones después de una comilona (la comparación es de mi padre). Yo aprovecho para continuar el trabajo de campo, que en el fondo quizás sea solo una excusa para aplacar la impaciencia después de que Quimet Mauri me enterara del hallazgo de los documentos. No obstante, esta tarea también me ha de servir para seguir completando el itinerario vital de mis antepasados, pues deseo embeberme de su paisaje, de la pureza virginal de algunos rincones, de la soledad y la lentitud de una vida que, para bien y para mal, ahora ya tiene poco que ver con la mía. Y eso solamente se puede conseguir —aún— desde el Semàfor, un antiguo observatorio meteorológico y de orientación de barcos, hoy ruinoso y desolador, que ofrece una vista reveladora.

A los pies del Semàfor, a garbino, en una profunda cueva abierta entre los acantilados, llamada la cueva de Es Neros, vivía un ser, medio humano medio animal, que había pactado con el diablo. «Decían que era capaz de beber el agua del mar y de cazar morenas a manos desnudas», contaba mi abuela Neus, con un susurro, como si revelara un secreto antiquísimo. De pequeña, pues, me aterrorizaba tanto aquel lugar que no quería acercarme ni a una distancia prudencial. Hoy, sin embargo, cuando cuento la leyenda a mi hija, me doy cuenta de que le provoca más intriga que miedo y ni tan siquiera se inmuta cuando le relato cómo un día, impulsada por un golpe de viento, la quilla de una embarcación abrió en canal el cuerpo de aquel ser malévolo.

Amàlia mira a su alrededor, como buscando pistas que corroboren mis palabras. Le he contado bastantes leyendas como para saber que necesita un final que cierre la historia.

—Todavía hoy —añado, marcando cada palabra, como lo hacía mi abuela—, cuando la tramontana sopla con fuerza, se oye el aullido de la bestia por entre las grietas del acantilado. Y si alguien se atreve a bajar hasta su cueva verá sobre las rocas la marca que su cuerpo dejó mientras se quemaba hasta convertirse en ceniza. Dicen, sin embargo, que los pocos que lo han hecho, han sufrido una maldición o han enloquecido más allá de lo imaginable.

Para mí, el Semàfor siempre ha representado los límites: llegar hasta él es topar con los confines del mundo, asomarse a un abismo, enfrentarse a la soledad más desnuda y más profunda. Es uno de esos lugares donde la naturaleza te recuerda con más contundencia que eres un ser insignificante, a merced de sus leyes.

Por todo ello, el Semàfor es el escenario ideal para las escapadas adolescentes, dramáticas y exacerbadas como los acantilados y los despeñaderos que lo rodean. Rita y yo solíamos ir hasta allí al salir del instituto, dos víctimas que, montadas en sus derbis, huían de tanta injusticia e incomprensión para refugiarse al filo de un precipicio agreste. Una vez, en pleno invierno, mientras mostrábamos nuestra rebeldía fumando a escondidas, nos sorprendió una tempestad de inusitada violencia. El viento viró de golpe y porrazo y, enfurecido, vengativo, nos arrebató los cigarrillos de los labios y tumbó nuestras motos como si fueran de juguete. En un abrir y cerrar de ojos, la mar se llenó de truenos y relámpagos cegadores que retumbaban en el cielo y morían, con un estrépito ensordecedor, sobre las aguas, cada vez más oscuras, cada vez más agitadas. Amedrentadas y a la vez fascinadas por aquel espectáculo de la naturaleza, permanecimos inmóviles, absortas, mientras una lluvia rabiosa nos inundaba la ropa, la piel y los cabellos. Empapada y temblorosa, vencida por aquella naturaleza desbocada, me cobijé en los brazos de Rita y me di cuenta de cuánto la quería.

—Mamá —me dice Amàlia, cogiéndome de la mano y retornándome al presente—, el Semàfor parece una casa encantada.

—Sí, tienes toda la razón, pitusa —digo mientras aprieto su mano con fuerza y decido regresar a casa para que no se rompa el encantamiento.

20

Ante la ermita de San Ramón Nonato, en una plazuela más allá de la cual las islas Medes y la planicie de l'Empordà parece que se den la espalda, la gente se embelesa asomada al mirador o espera, de pie, departiendo, a que empiecen las sardanas para celebrar el día del santo. Mientras camino apresurada hacia el archivo, oigo a lo lejos la algarabía de la concurrencia y los músicos afinando los instrumentos. Me doy cuenta, justo cuando saco el bloc del bolso, de que me tiembla el pulso.

El Archivo Histórico de Begur conserva aquel fajo de papeles que el albañil Antonio Martos salvó de los escombros, de la destrucción y del olvido, y que durante una pila de años se fue llenando de polvo y de humedad en una buhardilla del ayuntamiento.

—Cuando se creó el Archivo Histórico, todo el material que estaba desperdigado por las dependencias municipales se añadió a nuestro fondo documental —me explica la archivera—. Tuvimos que inventariar un montón de documentos y apartar el grano de la paja.

Sigo a la archivera, atravesamos una sala pulcra, ordenada, llena de libros y archivadores, hasta unos armarios móviles que se abren accionando una manivela que me recuerda un timón.

—Ya te comenté que hay informaciones muy difíciles de localizar, porque los rastros suelen ser muy confusos —me dice, mientras se sube a una escalera para alcanzar los archivadores más elevados—. A ver qué tenemos por aquí.

La donación está formada por tres archivadores de documentación diversa, si bien toda es de carácter administrativo y legal. En el primero, hay escrituras de tierras y viviendas, resguardos y contratos de arrendamiento. Uno de los documentos capitales para mi búsqueda es la escritura de venta perpetua otorgada por Helena Casademont i Plaja a favor de Frederic Estanyol i Bruguera, vecino de Llofriu. Según este documento, mi retatarabuela vende la masía de la Heura el 7 de octubre de 1866, ante el notario de Begur, Joan Puig i Carreras. El comprador es también uno de los acreedores que asedian a mi retatarabuela y la obligan a tomar la dolorosa decisión de deshacerse de la masía, que había pertenecido a la familia durante muchas generaciones.

La escritura me aporta una preciada información acerca de las besanas y la distribución de las tierras, así como de todos sus contornos y andurriales. El otro documento de suma importancia es un breve certificado a favor de Eladi Frigola i Busquets según el cual, al hallarse vivo, recupera sus bienes, hasta entonces en posesión de su esposa; si bien el documento es incompleto y bastante ambiguo al determinar las propiedades. No es tan significativo el hecho en sí (la discriminación de la mujer en aquella época era flagrante pero conocida por todos) como la fecha: 3 de enero de 1867, ya que permite acotar con bastante exactitud el regreso de Eladi a Sa Tuna y llenar así un vacío que destacaba en mi cronología.

El segundo archivador acoge documentación administrativa referente a la pesca y a la posesión de embarcaciones para uso comercial, así como permisos de armas, certificados militares de varias quintas y una curiosa denuncia: una marrana que se había escapado de la masía y había echado a perder el huerto del vecino.

El último archivador, que parece a punto de reventar, está formado por más papeleo administrativo intrascendente, además de cesiones de dotes y capítulos matrimoniales, entre los cuales destacan los de los padres y los abuelos de Eladi, llamados Hilari y Joaquima e Hilari y Maria Lluïsa, respectivamente (de súbito, se me ocurre que estos ancestros son tan remotos que el diccionario ni tan siquiera dispone de un término para designarlos). El último pliego de esta caja lo integran una escritura y dos testamentos, uno de los cuales pertenece a Eladi Frigola i Busquets.

Desde la sala de consulta del archivo se ve el castillo que, dominando todo el pueblo y sus calas, advertía a los lugareños de las incursiones piratas. Hoy es solo un vestigio del pasado, cuatro piedras en lo alto de un cerro arisco y ventoso. Cuando lo miro de nuevo, a duras penas distingo una silueta borrosa entre la bruma y las últimas luces del día, y casi me parece ver a Gona paseándose por la cima, con el vestido de novia zurcido y la mirada perdida en la noche. Me sorprendo a mí misma canturreando:

Ay, Gona, Gona,
¿qué vamos a hacer con vos?
Fuisteis joven y hermosa.
Ahora estáis ida de amor.

—Te harías cruces de la cantidad de documentos que se llegan a perder —me dice la archivera, cuando le comento mi sorpresa tras la larga búsqueda—. Mucha gente desconoce la función que desempeñan los archivos o no dan importancia ninguna a toda la documentación que poseen y, cuando venden la casa o se mueren los abuelos, lo acaban tirando todo a la basura. A veces, hemos salvado documentación por pura casualidad; bien porque uno de los nuevos inquilinos ha creído que aquellos papeles tenían algún valor o bien porque la mujer de la limpieza ha encontrado un pliego de cartas o fotografías y nos las ha hecho llegar.

El testamento de mi retatarabuelo está redactado en Begur el martes 2 de febrero de 1869. Eladi Frigola i Busquets designa heredero universal de todos sus bienes a su único hijo, Tomàs Frigola i Casademont. En cuanto a la esposa del difunto, Helena Casademont i Plaja, gozará del usufructo de estos bienes mientras viva y, condición sine qua non, no se case con ningún otro hombre. Las posesiones que Eladi Frigola deja en herencia comprenden la casa de Sa Tuna, unos bancales de huerto a tiro de piedra de la Nau Perduda, y el bote y la barca, llamada *Santa Reparada*, con la pequeña talla de la Virgen del Coral que siempre la acompaña. Y unas líneas más abajo: «A mi hermano Serafí dejo las ropas mías, los aparejos de pesca y otras demás herramientas de mar y de tierra, por ayudar a la esposa e hijo míos, así como un arca de nuestra madre para recuerdo suyo».

Al final del testamento, aparece esta cláusula: su primer nieto debe ser bautizado con el nombre de Espiridió: «por el juramento y con la gratitud eterna que tengo por salvar la vida en una isla extranjera en donde fui amparado y curado por un hombre amigo y por su hija Alpida». A este primer nieto, le lega una imagen de san Espiridió, que yo siempre veré colgada en el comedor de mis bisabuelos.

Tomo una montaña de notas, con una escritura irregular y precipitada. Llamo en seguida a Rita y a mi madre para contarles el hallazgo. La archivera me advierte de que están a punto de cerrar. La miro incrédula y escribo las últimas anotaciones con una sonrisa triunfal.

21

—Pues mira, al final lo tenías todo mucho más cerca de lo que creías —me dice Rita, mientras cenamos en un restaurante para festejar el descubrimiento.

—Sí, pero ten en cuenta que la primera vez que fui al archivo de Begur para consultar los censos, también consulté información acerca del coral, pero el nombre de mi retatarabuelo no aparecía por ninguna parte. La archivera me contó que mucha documentación se extravía porque la gente la deshecha sin más ni más. O sea que las cajas nos han llegado por pura casualidad. Imagínate por unos segundos que aquel albañil las deja entre los escombros. En muchos momentos, llegué a pensar que todo era una engañifa, una maula. En fin, ahora sí que puedo decir que ya lo hemos logrado.

—Y todo gracias a Amàlia y a sus preguntas.

—Ostras, sí, fue ella la que lo puso todo en marcha —recuerdo, como si hubieran pasado mil años.

—Ya te digo yo que estas cosas solo pasan en tu familia. ¿A quién se le ocurre esconder cajas con papeles en un falso techo? ¿No me digas que esto no es literario?

—Más que literario yo diría que fue una solución práctica, porque a alguien no le interesaba que aquellos papeles fueran a parar a ciertas manos —digo, pensando en voz alta—. Ya sabes que, según mi teoría, existen dos historias, una oficial y otra auténtica. Soy escéptica y desconfiada como el tío Baldiri y no me acabo de creer ciertas cosas, que ciertas cosas sean tan claras, quiero decir. Estos documentos contienen indicios, pistas que permiten desvelar la auténtica historia, o al menos eso me parece a mí. Sin embargo, todavía veo muchos puntos negros, muchas piezas que no me encajan y debería repasar toda la información que tengo para acabar de atar cabos. ¿Ves? Las cartas personales, en cambio, no se ocultaron y fueron pasando de padres a hijos.

—¿Y eso?

—Pues supongo que fue porque no contenían nada peligroso o comprometedor, o si había alguna carta comprometida debió de destruirse. Además, siempre nos gusta mirar las cosas desde la perspectiva más novelesca, pero quizá aquellos papeles fueron a parar ahí por error, por casualidad. Lo que quiero decir es que a lo mejor eso del falso techo no estaba hecho adrede, sino que simplemente los papeles estaban ahí y nadie lo sabía.

—De hecho —como le pasa a menudo, Rita parece que regrese de un largo viaje—, la búsqueda ha sido tan novelesca como la propia historia, ¿verdad que sí?

—Sí, madre mía, ha sido la reoca. Daría para escribir otro libro —pronostico.

—¿Y por qué no lo haces?

—¿El qué?

—Eso, escribir un libro que sea la historia de tus antepasados y al mismo tiempo la búsqueda de esta historia, que en el fondo también es la búsqueda de ti misma —Rita vive ahora un momento de agitación a mi costa.

—¡Hala!, ya está, así de fácil. A ti todo te parece muy sencillo —objeto, si bien empiezo a sentirme seducida por la idea—. ¿Sabes la trabajera que supondría todo eso? Además, ¿cómo quieres que recuerde todos los detalles, día por día, todos los documentos que he consultado, toda la gente con la que he hablado…? Es imposible. Física y metafísicamente imposible. Por no hablar de…

—No seas mentirosa —me interrumpe, riendo—. En primer lugar, te has pasado el verano tomando notas y por lo tanto ya tienes la mitad del trabajo hecho. En segundo lugar, tienes una memoria de elefante, como tu madre, y hay mucha información que, si fuera necesario, puedes recuperar fácilmente en los archivos o en dónde sea. Y, por añadidura, eres escritora y tampoco hace falta que lo cuentes todo sino más bien que le des forma literaria. No me vengas con excusas de tres al cuarto.

—Sí, sí, lo que tú digas, pero aunque resulte muy tentador, no dejo de verle muchos inconvenientes y obstáculos.

—Mira, y para remachar el clavo —insiste—, te puede servir para exponer lo que tú siempre has defendido.

—¿El qué? ¿La conjura de los necios, como decía aquél?

—Va, no seas tonta. Tienes una oportunidad única de mostrar a los lectores cómo se escribe un libro, qué se esconde tras una historia, todo el esfuerzo que implica, todas las dudas que hay que resolver, todos los escollos que hay que superar… Te has pasado la vida intentando desmitificar la idea del escritor inspirado por las musas, extravagante y excéntrico; y del escritor mercenario, que escribe libros como churros, sin alma, solo para llenarse los bolsillos. ¿Qué me dices a todo eso?

—Ya veremos —respondo, evitando el compromiso, a pesar de que cada vez me atrae más y más la propuesta y ya empiezo a madurarla en mi cabeza—. Además, no se puede contar todo el proceso de búsqueda sin contextualizarlo y ligar y relacionar muchas otras cosas. Se tendría que reestructurar el libro entero, de cabo a rabo. ¡Uf! Solo de pensar en ello ya me agoto.

—Sí, sería como hacer el *making of* de la historia —sentencia ella, regalándose un buen trago de vino.

—Me lo pensaré, pero primero tengo que revisar todo el material que he reunido durante estas semanas —le prometo, alzando la copa para formalizar mi compromiso.

22

Cuando he llegado a casa era tarde, estaba eufórica y tenía la cabeza un poco enturbiada y a la vez estimulada por el alcohol. Me he puesto a escribir. Visto el nuevo rumbo que había emprendido el relato, tras consultar la documentación del archivo y haberme dejado seducir por la propuesta de Rita, sabía que era la única manera de afrontar la noche de insomnio que me aguardaba. A decir verdad, ahora ya no sabía si estaba escribiendo un cuento, una narración, un relato o una novela, pero lo mejor del caso es que me traía sin cuidado.

Septiembre

1

Necesito digerir las novedades, la información, las propuestas, las ideas, las frustraciones, las sorpresas…, todo lo que he ido devorando, como una leona famélica tras una larga cacería, durante estas semanas.

A partir del lunes, tengo quince días de vacaciones, que siempre me tomo por estas fechas para poder resarcirme del verano y compartir con Amàlia los últimos días antes de volver a la escuela.

Intento organizar la información que he ido recopilando a lo largo de estos meses con el fin de avanzar en la reescritura del relato (o lo que acabe siendo). Como una planta abonada y regada con agua de lluvia, la historia crece con un nuevo vigor y empieza, lentamente, a tomar cuerpo y a levantar el vuelo. Por fin se imponen ese tono y esa voz que tantos sufrimientos y desvelos me han ocasionado. Ahora me espera un intenso trabajo arquitectónico, cuya precisión va a depender de mi habilidad a la hora de encajar las piezas de que dispongo. Y, no obstante, es preciso que los materiales arquitectónicos, las vigas, los ladrillos, los contrafuertes, todo cuanto sostiene el edificio, se oculte a los ojos del lector. Es preciso que los lectores lean la historia de mi retatarabuelo Eladi como si cada frase fuera espontánea, como si cada palabra surgiera de forma natural, sin sospechar el arduo trabajo de búsqueda, probaturas y selección que hay detrás de todo ello, sin ni tan siquiera sospechar el andamio que un día lo sostuvo todo.

Al repasar las notas, una información me inquieta, me azora. Compruebo la fuente de donde la extraje y la emoción se incrementa. «¡Qué burra he sido! ¡Qué ingenua! ¡Qué poco perspicaz!», me reprocho.

Los indicios eran sutiles, a menudo incluso contradictorios. Tras la historia, se oculta otra historia, otras historias, que siempre había sospechado que podían existir si bien nunca había llegado a ver con tanta claridad. Es por todo ello que la versión oficial se acabó imponiendo a la auténtica. Casi me asusto cuando el tío Baldiri responde a mi llamada.

—¿Ves cómo tu tío no está tan loco como parece? —me dice, y su risa franca resuena por el móvil—. Todas las familias tienen trapos sucios, nena, ya te lo dije. Aunque si en cada casa se supieran todas las verdades —y su voz adquiere un tono amargo y solemne—, tiempo haría ya que nos habríamos matado los unos a los otros.

La amalgama de remordimiento, vergüenza y culpa que atraviesa toda la historia explica por qué alguien quiso ocultar o manipular la verdad. Pero eso solamente lo he descubierto cuando he sido capaz de leer entre líneas el testamento de Eladi y su certificado de defunción. Luego los puntos oscuros y los ángulos muertos, que hasta entonces hacían cojear al relato, se han esfumado de golpe. Ahora todo concuerda y, a pesar del trabajo que ello me supone, pues tendré que rehacer la trama, no deseo sino entregarme a escribir.

A última hora de la tarde, nado en una mar en calma que, bajo un cielo crepuscular y nebuloso, va adquiriendo una apariencia metálica, como si el agua tuviera la densidad del mercurio. Fuerzo el cuerpo bajo la musculatura tensa, el corazón late cada vez más aprisa y la respiración se altera hasta dar con el ritmo adecuado. La mente, en suspenso, acoge multitud de ideas. Nado como si la mar fuese mi casa, como si el agua fuese mi medio natural, como si regresara al líquido amniótico, como si me hubiera de quedar en ella para siempre jamás. Nado hasta que cae la noche más serena y luminosa.

2

¿Cómo vincular al lector con una historia tan remota y que, al mismo tiempo y pese a todo, resulta tan actual? Todos somos hijos de nuestro tiempo, pero eso no es ninguna virtud ni ningún demérito: es un hecho. ¿Cómo transmitir, sin desvirtuarlo desde nuestra perspectiva, el intenso vínculo que aquella gente mantenía con la naturaleza? Pues los payeses no miraban el paisaje con ninguna intención lírica, raramente contemplaban las tierras que les rodeaban con un goce estético. Tampoco los pescadores se enfrentaban a la mar con ningún heroísmo romántico. Todo es mucho más crudo y pragmático, muy alejado del tono bucólico e idealizante con el que nos agrada engalanarlo.

¿Cómo hallar, no obstante, el equilibrio, la mesura, la sobriedad narrativa para exponerlo todo con las palabras justas y evocadoras?

3

—Con este libro te vas a forrar —me dice Rita, no sé si para animarme o para tomarme el pelo.

—¡No me digas más! Antes de sacar un libro siempre me hago las mismas preguntas. ¿Por qué no se promueven las buenas obras, nuevas o viejas? ¿Por qué no se publican menos libros y se les dedica más atención y promoción? ¿Por qué no hay diálogo con el autor: intercambio de ideas, comentarios de lectura…? Lo que quiero decir es que no entiendo por qué se limitan a publicar el libro en vez de editarlo con pulcritud. ¿Por qué tanta prisa, tanta precipitación, tanta frialdad? —le digo, mientras remuevo el café con tanta energía que lo acabo derramando.

—Yo sigo pensando que, a la larga, tu trabajo se va a ver reconocido. Ya lo verás. Da lo mismo que vendas poco o mucho. El espíritu de Gona va a acabar imponiéndose. Además, tú siempre dices que los buenos libros no caducan, ¿verdad?

—Lo que convierte a un escritor en profesional y sólido no es la cantidad de libros que vende, sino la calidad y el rigor con que están escritos. Y con eso no quiero decir que no me gustase vender más, Rita —me explico, como si todo fuera un malentendido—. Ya lo creo que sí. Me encantaría que mi obra llegase a más lectores. Por eso escribo, precisamente, para seducirlos, para compartir con ellos lo que es universal y que me desvivo por comunicar. Pero no estoy dispuesta a vender a cualquier precio. ¿Sabes cómo me siento cuando he terminado un libro? Pues siento una especie de vacío, como si ya lo hubiera dicho todo y no pudiera volver a escribir nunca más ni una sola línea. Aunque también siento una profunda satisfacción porque sé que he dado todo lo que podía dar y porque sé que no he roto un pacto que he hecho conmigo misma: escribir con rigor y con consciencia. Tienes razón, mis libros se venderán mucho o poco, da lo mismo, pero solo espero que cuando mire hacia atrás no tenga que avergonzarme nunca de lo que he publicado, sea porque me he vendido o porque he traicionado mis principios como escritora.

—Pero el hecho de que vendas más o menos es a menudo una cuestión extraliteraria, ¿no te parece? —me pregunta—. Ahí debe jugar un papel importante la suerte, la promoción que se haga del libro, los padrinos que tengas…

—Sí —le acepto—, pero algunas somos invisibles, a duras penas salimos en los medios, ni formamos parte de capillitas ni le lamemos el culo a nadie. Somos tan ingenuas que pensamos que nuestro trabajo consiste solo en escribir bien. ¿Por qué se nos exigen otras virtudes que no sean las propias de una escritora?

Mientras Rita busca mentalmente una imposible respuesta a mis preguntas, yo presiento que la obra está llegando a su fin y que tendré que plantearme su publicación. Estoy segura de que existe una editorial para cada autor y que cada autor puede hallar una editorial y un editor con los que sentirse cómodo y cómplice. Después de doce años y cuatro libros, resulta evidente que yo no he hallado ni una cosa ni la otra. Sin embargo, ya que el inconformismo ha sido siempre el motor de mi vida, empezaré a hacer gestiones para encontrar una editorial donde el diálogo entre autor y editor sea la norma. Quiero una editorial que priorice la calidad de la obra por encima de los intereses meramente comerciales. Quiero una editorial que apueste por mí, que crea en mi obra con la misma fuerza y pasión con las que yo creo en ella. Quiero una editorial que no me resulte extraña ni distante, que no me haga sentir como una subsidiaria, una interina o una marginada. Después de tantos años, y todavía hago gala de la misma ingenuidad.

—Quieres cambiar de editorial, ¿a que sí? —me pregunta Rita.

—Chica —le sonrío—, eres realmente una adivina: me has leído el pensamiento.

4

Después de la tradicional comida del Once de Septiembre[12], toda la familia nos hemos llegado hasta la masía de la Heura. Sabía que era la última visita de campo, las últimas notas que culminarían los esfuerzos de todo el verano.

—Siempre me pone un poco triste volver a la masía —me confiesa mi madre, mientras subimos al coche—, porque guardo el recuerdo de cuando era niña.

—¿Quién vivía allí, entonces? —le pregunto.

—Vivieron distintos masoveros, no me acuerdo de todos. Pero tengo muy presente que, en casa, aún se hablaba y se visitaba la masía a menudo, la sentíamos como si fuera una cosa nuestra, aunque ya hacía muchos años que la familia la había vendido. Íbamos hasta allí con mi abuelo, en carro, y me parecía que hacíamos un largo viaje, como si nos fuéramos a la otra punta del mundo.

—Yo he venido a menudo a buscar setas por estos bosques —comenta mi padre—, y la verdad es que la masía da pena de ver.

Permanecemos callados el resto del camino.

----

12   Fiesta nacional de Cataluña, conocida también como «la Diada» (N.T.)

Hoy la masía está en ruinas. La gente ha tirado basura y desperdicios por todas partes, ha pintarrajeado las paredes e incluso se ha llevado tejas y piedras. Solamente resiste la fachada, de gruesos muros, sin puerta, como el último vestigio de una civilización perdida. Las zarzamoras dificultan el acceso a la casa y las ratas han encontrado protección entre los escombros. Apenas se puede acceder a los restos del edificio, aunque yo me he empecinado en llegar hasta el final a pesar de los arañazos.

Mientras tomo notas y alguna foto, sueño con que un día compraré la masía y la reconstruiré tal y cómo era, piedra a piedra. No quiero que caiga en manos forasteras, en las garras de algún especulador. No quiero que la lastimen más, que la derroquen del todo o que la transformen en un hotel o en un complejo de apartamentos. Quiero que siga siendo parte de la familia y de su historia. Es lo mínimo que podemos hacer para honrar la memoria de nuestros antepasados y para agradecerles tantos sufrimientos y sacrificios.

Amàlia recoge las últimas moras con su abuelo en un margen del campo. Los perros, latiendo, se han adentrado en el bosque tras el rastro de alguna bestezuela. Mi madre y yo, desde la encina, miramos la masía y sus piedras por última vez.

—A lo mejor deberíamos ir tirando —dice ella, para sortear a la nostalgia.

—Sí, vayámonos, que aún me queda mucho trabajo por hacer —digo yo, dando la espalda a la masía y andando hacia el coche.

La sombra de la encina, cargada de centurias, todavía nos acompaña durante unos pasos.

5

Releo el texto y le añado las notas tomadas en la masía de la Heura. «Siempre hay una manera mejor de decirlo», me repito a mí misma, obsesivamente, alentadoramente. Si un texto literario no se puede expresar de la mejor manera que una sabe, más vale no publicarlo.

Leo fragmentos en voz alta para comprobar el ritmo, la musicalidad y la puntuación.

Amàlia vaga por la casa como si tuviera los demonios en el cuerpo. Nerviosa, inquieta como yo porque mañana empieza la escuela. Sé que se muere de ganas de hablar conmigo, pero tiene terminantemente prohibido interrumpirme cuando estoy escribiendo. Me tomo un descanso para desahogarme y para reconfortarla.

—¿Te apetece merendar conmigo? —le propongo, mientras los perros y yo bajamos las escaleras.

Sentadas en la cocina nos miramos sonrientes, mientras Bruc y Ham suspiran por un trocito de jamón. Le cojo la mano y se la beso para sosegarla.

—¿Estás nerviosa por la vuelta al cole? —le pregunto, mientras ella, con la mano libre, juega con las migas de la mesa.

—Un poco.

—Yo también estoy nerviosa —le confieso.

—Pero si tú no tienes que ir al cole, mamá —dice ella, y me entran unas ganas locas de abrazarla mientras sonríe con aquellos ojillos que parecen dos rendijas luminosas.

—Estoy nerviosa porque estoy a punto de terminar la historia que escribía.

—Ah —dice ella, como si no entendiese que eso pudiera poner nervioso a alguien.

—¿Sabes una cosa? —le digo, para cambiar de tema—. Cuando yo tenía que volver al colegio, me pasaba la noche entera dando vueltas en la cama. La nana tenía incluso que prepararme un remedio para dormir.

—¿No te gustaba ir al cole?

—Sí me gustaba, pero no podía evitar ponerme nerviosa. Me gustaba volver a ver a mis amigas y saber con quién me sentaría y qué maestros iba a tener. Pero cuanto más pensaba en ello, más me angustiaba.

—Ya, a mí me pasa lo mismo. Estoy contenta pero también un poquito triste y nerviosa.

—¿Quieres que te prepare una bebida como la que me preparaba la nana? Creo que yo también voy a tomarme una taza.

El milagroso brebaje de mi madre no era otra cosa —lo supe hace poco— que agua caliente, limón, canela y azúcar. Otro legado que pasará de generación en generación y que las dos nos tomamos con una incierta esperanza. Al dejar el vaso encima de la mesa, se me ocurre una idea para uno de los personajes y la anoto en el primer papel que encuentro: la lista de la compra que siempre tenemos colgada en la nevera.

—No estés nerviosa, mamá —me dice Amàlia, con aquella arrolladora lógica de los niños, cuando me ve escribiendo en el reverso de aquel papelote—, porque la bebida de la nana es mágica y el libro te va a salir muy bien.

Ahora sí que no puedo contenerme y la abrazo y me la como a besos.

6

Dejo a mi hija en el colegio, silencio el móvil y me pongo a escribir. La mañana pasa como una exhalación. Como en casa de mis padres con Amàlia y regreso al ordenador, anhelante.

—Chica, cuando estás escribiendo parece que no vivas en este mundo —me reprocha y a la vez se alegra, mi madre.

Son más de las cinco cuando doy el texto por *finalizado* y lo mando a Rita por correo electrónico.

Agitada, como siempre que termino una obra, me voy a nadar. El agua de mar me relaja y me abre el apetito. Saco a los perros a pasear. Regreso al anochecer. Amàlia cena en casa de los abuelos. Me preparo un sándwich. Descorcho una botella de vino, reservada para la ocasión. Salgo al jardín y contemplo la noche, con la copa en la mano. Justo ahora me doy cuenta de que todavía llevo la sal pegada a la piel.

7

Suena el móvil casi a las once de la noche.

—Gona, si mañana no tuviera que ir a trabajar te vendría a recoger para irnos de marcha, como cuando teníamos veinte años. Esto hay que celebrarlo.

—¿De verdad te ha gustado? —pregunto, insegura, siempre insegura cuando concluyo un texto.

—¿Gustado, dices? Ya te dije que tenías una historia cojonuda y ahora sí has sabido exprimirla hasta la última gota. Ahora no es solo la lengua lo que te atrapa, sino también la trama y todos los detalles que vas descubriendo como lector.

Has encontrado el equilibrio y todo fluye a las mil maravillas. ¡Felicidades! ¡Eres única!

—Pero…

—Pero nada —breve silencio—. Bueno, sí, algún detallito: alguna incoherencia, algún enlace un poco injustificado. Deslices, vaya… Y algún personaje que aún me chirría un poquito.

—Es demasiado tarde para vernos, ¿verdad? —pregunto con un dejo de nerviosismo.

—Mujer…, me da un poco de pereza. Y tengo trabajo de clase por hacer, acabamos de empezar el curso y voy bastante de culo.

—Pues dímelo ya, venga —suplico.

—No hace falta, ya te he reenviado el texto con las anotaciones que me han parecido oportunas. Verás que están en rojo para que no las confundas con el texto original. Échale un vistazo y si hay algo que no ves claro, me llamas. Estaré despierta hasta tarde. La verdad, me parece que estoy aún más nerviosa que tú.

—Gracias, Rita. Gracias de nuevo.

8

Entro en el correo, descargo el documento adjunto y empiezo a valorar sus anotaciones. A menudo me invade la duda, reflexiono un buen rato y termino por enmendar algún detalle. A veces me exalto, otras me irrito conmigo misma, y a veces incluso suelto un gruñido o resoplo, como si hubiera nadado hasta una isla tan remota como la de mi retataraabuelo. De vez en cuando, como si de una brújula se tratara, alzo la vista hasta el bote con la rama de coral, que he trasladado a una repisa del despacho.

Hago la última lectura en voz alta:

Ganarás una mar en calma

I

Un marinero desaliñado se abre paso entre los carros que llegan al puerto de Palamós repletos de mercancías. Algunos hombres, de lengua soez, cargan costales de morcajo y comuña, toneles de vino y aceite en los veleros, mientras otros descargan azúcar, algodón y ron de caña. Apestando a vinazo, el marinero se detiene ante el barco *Estela* y pregunta por el capitán, que justo en ese momento llega de escriturar el contrato en la notaría de Marina y de firmar los formularios de la aduana. Deseoso de emprender la expedición y ajetreado con los últimos detalles, Salvador Casas mira a ese hombre sucio y beodo como un estorbo de última hora.

—Ya te puedes ir con viento fresco —le espeta—. No quiero peneques en mi barco.

El marinero blasfema con voz ronca y escupe en una de las sacas de provisiones.

—¡Que os parta un rayo y se os lleve la mar gruesa! —amenaza, levantando un dedo y tropezando con las palabras.

La tripulación, que en este momento ya se afana a bordo, se ríe y escarnece al marinero mientras le ve alejarse con pasos vacilantes. El capitán saca una pequeña libreta del bolsillo y repasa, buscándolos con la mirada, a todos los miembros de la expedición: el piloto, tres armadores, un cocinero, quince marineros y un grumete, al cual se ha planteado apadrinar para salvarlo de las penalidades que vive en casa. El marinero que cierra la lista, embarcado en el último momento, es Eladi Frigola i Busquets, natural de Begur, pescador y coralero de Sa Tuna y payés de la masía de la Heura. Es un hombre de veintiséis años, aunque su mirada parece contener muchos más, delgado pero fuerte, que Casas ha contratado por su destreza y osadía. Todo son idas y venidas, con cajas a cuestas, sacos al hombro y alguna carrera de última hora, cuando falta algún utensilio o no hay suficiente cordaje de recambio. Entre los gritos de la tripulación, el rodar de los barriles por la pasarela y el alboroto de las gallinas enjauladas, se impone la voz del capitán, que va dando órdenes a sus hombres y va disponiendo las vituallas al mismo tiempo que hace inventario.

—En la mar no hay tiendas, muchacho —dice, fingiendo un tono serio, al grumete, que a duras penas puede cargar una de las cajas—. El que quiera peces, que se moje el culo.

Mientras la tripulación hace las últimas comprobaciones a bordo, el capitán Casas contempla el barco, símbolo de su pujanza: esbelto y resistente a la vez, elegante y magnífico, construido en los astilleros de Blanes por uno de los mejores maestros de azuela del país. En el puerto, algunas mujeres, entre las cuales no se halla la de Eladi, despiden a los maridos, a los hermanos o a los hijos que zarpan. Las gaviotas sobrevuelan la embarcación, ensordecedoras, y buscan alimento entre las redes que los laúdes arrastran hasta el muelle, cerca de la lonja.

Salvador Casas abre su cuaderno de viaje y empieza a escribir con letra alargada y enérgica: «Palamós, lunes 9 de octubre del año del Señor de 1865. Expedición a la isla de Djerba, lugar de Túnez, de la polacra goleta denominada *Estela*, de 107 toneladas, en busca de coral».

II

Al alba, con los ojos clavados en la pared, Eladi masticó la misma tostada con ajo de cada desayuno. Miró luego hacia el huerto bañado de rocío, y lentamente, como si cada músculo fuese de plomo, se alzó de la silla y, a través de la ventana, reposó la vista en los olivos, la mayoría de los cuales padecían de «malura negra», y en las viñas, también enfermas, arrasadas por una plaga de oídio.

—Todo se va a pique —se había lamentado hacía unos meses a su mujer mientras almorzaban.

—Podríamos vender algo para salir del apuro —había propuesto Helena, que no quería ni oír hablar de hacer tratos con usureros ni mucho menos de hipotecar la masía.

—De alguna manera saldremos adelante —Eladi lo había dicho con poca convicción y se había levantado de la mesa sin acabarse la comida.

A escondidas de Helena, primero había pedido dinero prestado para comprar remedios que detuviesen aquellos hongos y aquellos insectos que se extendían por las raíces y las hojas de las cepas y, luego, plantel y herramientas para intentar restablecer los cultivos. Se había levantado cada madrugada esperando aquella lluvia que fertilizase la tierra y mirando hacia el cielo como quien pide auxilio a los santos con los que no comulga. La última cosecha, sin embargo, había resultado ruinosa: mutilada por la pedrisca y ajada por una tramontana punzante, con las plantas todavía achacosas, roídas por aquella plaga que se resistía a morir. Era como si el campo, la tierra toda, se le volviera en su contra, ofendida porque él, en el fondo, no tenía alma de payés sino de pescador. La mar le otorgaba libertad, en ella se sentía acogido a pesar de los antojos de los vientos o los arrebatos de las olas. La mar era su medio, tal como lo era de los peces y del coral. La mar, llevaban razón los viejos marineros, era como una amante celosa: bárbara y vengativa en ocasiones, pero cálida e ineludible siempre.

Apartó la mirada de la ventana y, después de un largo trago de vino, rememoró sus inicios en la masía, que le parecieron tan remotos como irreales. Había empezado acudiendo a la vendimia como jornalero y se había encaprichado de la heredera, que les traía el cántaro mientras recogían la uva entre los sarmientos.

—¡Rediós! —le había dicho un compañero, con una mirada pícara—. Pues sí que pasáis sed en Sa Tuna.

Cargaban los cuévanos hasta las aportaderas y allí, mientras volcaban la uva, él se demoraba unos segundos, solo para verla entrar en la masía, el cántaro en las manos, los andares ligeros y esos rizos negrísimos que se le escabullían por debajo del pañuelo. Su madre la aguaitaba de lejos, siempre al acecho, pendiente de la decencia de su hija y de lo que diría la gente.

—Helena —solía gritar la madre, como si reprendiera a una sirvienta—, aligera, que el trabajo no se va a hacer solo.

Le reviene el frescor bajo los pies mientras pisaban la uva en el lagar y el mosto que, embriagador, iba rezumando. Recuerda la algazara de la comida, una vez vendimiadas las viñas, cuando todos los jornaleros comían en aquella larga mesa bajo la gran encina. Entre las chacotas y las canciones, mientras el porrón iba de mano en mano, se le escapaban miradas de reojo hacia Helena que, cuando eran correspondidas, le aceleraban el corazón y le coloreaban las mejillas. Aquel mismo invierno empezaron el noviazgo y al cabo de poco ya se hallaba casado, un poco empujado por la pasión, por el porvenir halagüeño y por los consejos del cura, que a menudo le mencionaba parábolas bíblicas que Eladi nunca llegó a entender. Poco después de la boda, su suegro se despeñó con el mulo y se abrió la cabeza al golpearse contra una lastra. Cuando el pastor lo columbró entre unos matorrales de lentisco, ya estaba muerto. De la noche a la mañana, pues, Eladi se encontró al frente de las tierras, besanas y besanas que eran la envidia de las masías vecinas. Y muy pronto, casi sin darse cuenta, todos los elementos se conjuraron para desbaratar sus sueños, por modestos que fueran.

Acarició por unos instantes el pitorro del porrón y bajó maquinalmente al patio. La Cherna ya le esperaba afuera, meneando el rabo y jadeando de impaciencia. Cuando Eladio había venido a vivir a la masía, era solo un cachorro que le seguía a todas partes; ahora era una perraza negra y peluda que le había adoptado como amo.

Helena ya había dado de comer a las aves del corral y ahora extraía agua del pozo para el ganado, justo al lado de la encina. Era una mujer algo masculina de movimientos, con una sonrisa peregrina pero franca, injertada de cada rincón de aquella tierra. Eladi, un poco desconcertado, había asistido estos últimos meses a la revolución del cuerpo de su mujer. Primero, una barriga incipiente, minúscula, como media sandía, que le daba un aspecto atractivo y pueril. Luego, las caderas fláccidas y los pechos turgentes y pletóricos que se bamboleaban al caminar, los tobillos hinchados, el cuello un poco hundido, los mofletes carnudos que le empequeñecían los ojos. La mirada, sin embargo, mantenía ese fulgor habitual y uno no sabía nunca si aquellos ojos estaban a punto de llorar o de romper a reír.

Y ahora Eladi la descubría ya con una barriga rotunda, regando las flores, hortensias, geranios, crisantemos o margaritas, todas crecían ufanas entre sus manos; aquellas flores que iba coleccionando en un sinfín de tiestos: de barro, de zinc, de ollas de cobre y de botijos rotos e, incluso, en jícaras y pucheros viejos. Observando la cara de su mujer, que se recreaba en aquel pequeño placer cotidiano, Eladi clavaba la azada en el terruño, con fuerza, casi con furia, y se preguntaba qué futuro ofrecería a su hijo, que descansaba plácidamente en aquel vientre. Pues había anticipado miles de veces lo que haría con su vástago: se lo llevaría mar adentro y le enseñaría a bogar, a leer el cielo y a pescar en lugares que solo él conocía, bajo la cueva de Es Neros, donde nadie osaba aventurarse a causa de las leyendas y supersticiones que se contaban. Sería un varón avispado y valiente, un marinero que pronto prosperaría y se embarcaría en un gran barco, rumbo a la mar ancha para hacer negocios y vivir de rendas.

—Hará todo lo que nosotros no hemos podido hacer —le había dicho a Helena una noche. Ella le había llevado la mano hasta la barriga, sonriente, y había permanecido en silencio.

Soplaba mistral y los higos de cuello de dama desprendían un aroma algo dulzón que gustaba de lejos y empalagaba de cerca. A estas alturas, todo el mundo debería tener ya los barriles adobados y libres de tartrato, pero este año bien pocos irían a la vendimia, porque casi nadie había podido salvar los viñedos.

—¡Maldita sea! —había reaccionado Eladi, cuando su suegra le había hablado de la vendimia—. ¿Y qué demonios quiere usted que vendimiemos este año, si solo tenemos ceniza en las cepas?

La mujer había buscado la mirada de su hija, como si su yerno hablara otro idioma o hubiera perdido la cordura.

—Tendremos que replantar las viñas, madre —le había explicado Helena—. Este año apenas si podremos vendimiar las pocas cepas del bancal de arriba.

Pero Eladio ya no había escuchado aquellas palabras, porque había salido escopeteado hacia el huerto como si le faltase el aire, que ahora le llegaba humedecido y mezclado con las fragancias de la mar. Una mar que había sido hasta entonces su salvadora, brindándole pescado y coral, aunque urgía arreglar la barca, repintarla, y algunas redes, maltrechas por el uso, ya no servirían para la próxima temporada. Haciendo gala de su proverbial camaradería, otros pescadores le habían prestado sus aparejos, hecho que Eladi había agradecido con un gesto silencioso, lleno de sinceridad, pero también de amargura pues, en el fondo, se había sentido humillado e inútil como si fuera un viejo enclenque, un botarate o un lisiado. Aquella misma tarde, todavía con la inquietud y la vergüenza royéndole las entrañas, había subido hasta el pueblo a pedir otro préstamo, con los intereses abusivos de siempre, para poder comprar aparejos y apañar la barca.

El coral, además, empezaba a escasear por la zona ya que cada vez había más coraleros furtivos, más contrabando y más comerciantes sin escrúpulos. Cada día, pues, era preciso bajar a mayor profundidad y jugarse un poco más la vida. Él todavía era joven, con un cuerpo enjuto pero robusto, que le permitía escurrirse por las grietas de las rocas, en grutas y cuevas, como si fuera un congrio, y coger aquellas ramas que parecían manchas de sangre en medio de la negrura del agua y de la piedra. Cuando se encontraba allí, sumergido en una mar silenciosa y cómplice, concentrado tan solo en hallar y atrapar aquel animal que semejaba una planta, se sentía invulnerable; sin embargo, todo el poder y toda la fuerza parecían desvanecerse tan pronto como emergía a la superficie y los problemas volvían a hincarle los dientes, si cabe, con más furia.

Le habían contado, como quien cuenta un rumor a viva voz, que los pescadores de Cadaqués habían inventado un nuevo aparejo para extraer el coral, que los del Port de la Selva iban a buscarlo a nuevas costas y que en l'Escala usaban un artilugio que provenía de Francia.

—Dicen que con esta máquina se puede respirar bajo el agua y bajar a mayor profundidad, como si fueras un pez —le había contado un vecino de Fornells.

—Sí, también dicen que algunos países ya no compran el coral y que pronto va a bajar el precio —había replicado Eladi con dureza, como si aquel hombre fuera el culpable de todo—. Pero todo eso son habladurías que no van a llenarme los bolsillos ni a traerme un plato a la mesa.

El invierno se adivinaba riguroso e inseguro, pero ya no sabía a quién más pedir un préstamo, ya no sabía a quién acudir ni a qué puerta llamar. Helena estaba de pie, conversando con su madre y sirviendo el almuerzo a su esposo, que manoseaba sin parar una carta que llevaba en el bolsillo, como si tuviera miedo de perderla. Apenas sabía leer, pero retenía el contenido de aquella misiva con toda precisión.

—Si te marchas por aquellos mares vas a pasarlas moradas —le había dicho un viejo coralero una vez leída la carta—, pero te vas a dar un buen atracón de langosta.

—Y si me quedo aquí —le había dicho Eladi, con un dejo de amarga ironía—, lo único que podré hacer es buscar el tesoro escondido de Quermany.

III

Cuentan que, en una gruta de la isla de Djerba, habita un monstruo que se traga barcos enteros, cuentan también que un pirata construyó en ella una torre con las calaveras de los diez mil marineros a los que había decapitado, pero también aseguran que no existe coral más rojo, más brillante ni más preciado en toda «la costa del moro». El capitán Casas sabe que este es un momento óptimo, pues el coral ha alcanzado el precio más alto y hay que aprovecharlo antes de que el mercado se sature. Sabe también que, si todo sale como espera, esta será su última expedición y luego podrá retirarse y vivir de renda como solamente pueden hacerlo los triunfadores. Y, de hecho, ya tiene un terreno apalabrado cerca de Sant Antoni de Calonge, en donde espera levantar una casa que sea la envidia de todos los vecinos. Por eso, a largo de estos meses, con perseverancia y también con su buen olfato, ha ido reclutando a los mejores marineros que ha podido hallar en cualquier rincón de las costas ampurdanesas.

Merced a una peculiar mezcla de juicio y temeridad, Casas ha prosperado rápidamente en este negocio. Hijo único y tardío de un tahonero de Palamós, se escapó de casa porque no quería aprender el oficio de su padre y porque la mar y el trajín de gente y de barcos le tentaba cada día desde la ventana de aquel obrador que le embutía la nariz de harina y de levadura. Con doce años, se embarcó como grumete en una goleta que hacía expediciones a las costas andaluzas y durante años no volvió a poner los pies en su pueblo natal. Cuando regresó, pues necesitaba dinero para los proyectos que en todo momento le bullían en la mente, su padre ya estaba muerto y enterrado. Y su madre, que lo único que conservaba de su hijo eran las cuatro cartas desmañadas que les había mandado desde cualquier puerto, ya había perdido la cabeza y solo esperaba morirse en paz, cosa que hizo acto seguido. De repente, pues, se halló con una casa y un negocio que vendió tan pronto como le fue posible y, ansioso, volvió a marcharse. Esta vez, sin embargo, con su propia nave y su propia tripulación. A partir de entonces, se convirtió en uno de los capitanes más jóvenes y osados, y sus expediciones empezaron a adquirir renombre entre muchos coraleros y muchos comerciantes, fueran de tierras cercanas o remotas.

Aunque estricto con la disciplina en el barco y austero en sus costumbres, Casas también sabe mostrarse generoso y flexible con sus hombres y, con gestos y palabras bien mesurados, conducirlos hasta los límites, hasta el riesgo que puede asegurar el éxito de una expedición. En ésta, en la que tanto se juega, les ha prometido que si obtienen un buen cargamento recibirán, además del sueldo estipulado, una gratificación.

A bordo, los hombres trabajan animados por los vientos favorables que parecen dar alas a la embarcación y les auguran una buena campaña. Cenan antes de la puesta: alubias carillas y cebolla con alioli, que les sirve también de antiséptico. Los marineros que no tienen guardia se retiran a descansar y, extenuados, el sueño les vence de inmediato. En una talega de lona zurcida, Eladi reúne su equipaje: remudas de ropa interior, un coleto, calzas, una faja, gorra, unas alpargatas…

—Llévate también ropa de cama —le aconsejó Helena, mientras lo preparaban todo.

No obstante, él no le hizo caso y ahora se arrepiente cuando ve aquellos colchones agujereados y mugrientos, que hieden a sudor, a semen y a orines. Lo guarda todo bajo una de las literas, una especie de cajones claustrofóbicos empotrados en el castillo de proa donde los marineros se apiñan medio vestidos, dispuestos a levantarse a cualquier hora, cautivos de las veleidades de la mar.

—Dormimos tal que sardinas en salmuera —le dice un compañero, un hombretón de Sant Feliu de Guíxols que no deja nunca de mesarse las barbas.

IV

Aprovechando el tiempo seco, los pescadores adobaban y repintaban las barcas que, expuestas al sol igual que bestias perezosas, se esparcían por la playa de Sa Tuna. Por tandas, llevaban las redes a tintar a Es Catius y allí hacían turnos para vigilar el fuego de las pilas en donde hervían. Se acercaba la fiesta mayor de Santa Reparada y todo el mundo quería tener los aparejos arreglados y guardados y subir al pueblo para celebrarlo.

Al atardecer, aquellos mismos pescadores se iban repartiendo, directamente de las nansas, las langostas o los bogavantes que soltaban golpes de cola o amenazaban con las pinzas, y muchos ya anticipaban el banquete de la fiesta mayor.

—En casa los vamos a cocinar con un puñado de caracoles —decía uno.

—A mí me gustan más con un buen pollo —decía otro.

—Y sobre todo que no falte el buen vino —añadía un tercero, entre risas.

Eladi, sin embargo, sabía que la fiesta de este año iba a ser, en su casa, triste y deslucida, y no pudo evitar que un rebrote de ira le subiera hasta los ojos. De repente, la cabeza se le llenó de imágenes: de manteles de hilo, de cazoladas suculentas, de vinos y licores entre el humo de los puros, de vecinos que se unían al festín y al jolgorio, de todo cuanto había sido hasta entonces aquella festividad y que ahora parecía tan inalcanzable como aquellas nubes que, por encima de su cabeza, eran arrastradas y deshilachadas por el ostro.

Se acercó decidido hasta otro pescador, un hombre mayor y pausado a quien todo el mundo solía pedir consejo, y le mostró la carta que últimamente siempre llevaba encima.

—¡Adelante, muchacho! —le dijo el hombre, acompañando la acción con un enérgico asentimiento del cuerpo, como el que hace una reverencia—. Y que Dios te ampare y te lleve a buen puerto.

V

Eladi se engarabita por el mástil para tensar el velamen y reforzar el cordaje. Se agarra a la madera, desenvuelto, como si quisiera domar la oscilación del barco que, desde arriba, se proclama majestuoso, surcando las aguas sin aparente dificultad. Respira hondo, hasta sentir los vientos condensados de mar y se deleita con la contemplación de los demás marineros, menudos como animalillos, un hormiguero bullicioso a sus pies.

Superado el puerto de Almería, el *Estela* hace una nueva escala en Orán, donde el capitán Casas revisa los negocios, tantea los precios del coral y cierra acuerdos con otros comerciantes una vez tramitados los permisos de navegación. Hombres de piel oscura, como madera mojada, y vestidos que se extienden hasta los tobillos como los de las mujeres, hablan lenguas incomprensibles y venden comidas desconocidas. Eladi se aproxima a todo con una curiosidad infantil, deslumbrado con los colores, las fragancias y las palabras que brotan a raudales.

De nuevo a bordo, algunos marineros comprueban la arboladura, los laúdes y las tiendas que les han de proteger de la intemperie mientras trabajan, así como los aparejos para extraer y almacenar el coral. Otros recosen con cordel y la aguja saquera alguna vela rasgada y repasan luego el cordaje. El grumete y los dos marineros más jóvenes limpian la cubierta y la bodega, que atufa a madera podrida, a sebo y alquitrán. El resto, dirigidos por el cocinero, salen a abastecerse de alimentos: agua, aceite, pejepalo, harina, arroz, legumbres, patatas, carne salada, cebollas…

Al caer la tarde, la tripulación se reúne en la taberna antes de cortar el último hilo con el mundo: saben que les esperan muchos meses de trabajo fatigoso, de vida expuesta, de frío glacial o de calor abrasador, de soledad, de añoranza y de miedo reprimido. Beben aguardiente y vino, deprisa, como si el tiempo se les tuviera que agotar en cada trago, sentados en bancos pringosos, en mesas empapadas de bebida y grasientas de sudor. A la luz de las velas, se cuentan historias inflamadas por el alcohol: de barcos fantasmas que vagan eternamente, de bancos increíbles que colman el bote de pescado, de viajes lejanos y de rameras que parecen princesas o de princesas que son rameras. Y cantan. Cantan canciones que a menudo entonan a bordo, mientras faenan, y que hablan de la nostalgia de la patria, de amores imposibles y de días de verano cuando la mar se encalma y la luna llena descansa en las aguas, atrayendo a las sirenas y a sus velos rojos como el coral.

Así que aparece una mujerona, toda despechugada, los marineros la reciben con procacidades y la dirigen, con bromas obscenas, hasta el grumete, que se ruboriza más allá de cada peca.

—Mozuelo —grita uno de los marineros, asiendo a la mujer por la cintura—, afila la herramienta, que con esta vas a aprender el catecismo.

Las bromas suben de tono, los vasos topan unos con otros, los rostros enrojecen y las gotas de sudor y de deseo resbalan por la frente y las sienes.

Como esclavas liberadas, surgen más prostitutas de la oscuridad y los coraleros, igual que bestias en celo, las olisquean y las invitan a beber. Ellas ríen desafiadoras y alzan los vasos mientras sueltan palabras que, a pesar del idioma desconocido, resuenan groseras. Los hombres se aferran como anclas a las magreadas carnes de las mujeres. Pronto las parejas y los tríos comienzan a desfilar escaleras arriba o pasillos adentro, los rostros desencajados, las ropas desabrochadas y el tintineo de las monedas como preludio de una transacción entre cuerpos impregnados de alcohol, de vicio y, sobre todo, de necesidad.

Eladi, al final de la mesa, permanece pensativo y apenas esboza una sonrisa cuando el grumete, al notar los enormes pechos de una mujer en el rostro, balbucea una excusa y huye aterrorizado.

VI

Al atardecer, mientras su madre remueve una perola de cobre

asida a los garabatos, Helena desgrana judías blancas sentada en el escaño, los pies hinchados, el espinazo adolorido. Ya hace días que partió su esposo y aún no se hace a la idea.

—¿Te acompaño hasta el puerto? —le preguntó ella, unos días antes de la partida.

—Mi hermano me llevará hasta allí —le dijo él, que todavía dudaba de aquella expedición y no sabía si embarcarse—. Ahora mismo no te convienen sobresaltos ni ansia ninguna.

Ni el uno ni la otra durmieron en toda la noche, aunque ambos fingieron hacerlo. Todavía en plena oscuridad, Serafí se presentó en la masía y aguardó en la puerta de entrada, liando un cigarrillo tras otro, hasta que apareció su hermano mayor, con el equipaje a cuestas. Los dos hombres conversaron un momento, con murmullos, pensando que Helena aún dormía. Ella, sin embargo, ya estaba en la cocina, inquieta después de una noche que todavía no había terminado pero que ya parecía muy lejana. Se acercó hasta ellos, envuelta en un chal, adivinando la presencia de los hombres por las centellas del cigarrillo.

—No te apures, por san Pedro volveré a estar en casa —fueron las últimas palabras de su marido, ya subido al carro.

La abuela Helena refunfuña mientras atiza las brasas y, asegurando que cura todos los males a las embarazadas, echa unas hojas de salvia en un cazo. Su hija sonríe y mira, ahora alerta, por la ventana, entre las ramas de la gran encina.

—Madre, parece que va a llover.

—Cuando el sol se pone como un saco, lluvia a cántaros —vaticina la abuela Helena, asomándose a la ventana.

Un cielo amenazador y morado, nacido del viento provenzal, se atisba detrás de las acacias, justo por encima de unas rocas peladas que ocultan, en sus cuevas, a las *falu-*

gues[13]: aquellas criaturas diminutas como un granito de arena y bulliciosas como un enjambre de bichos y que, según cuentan los más viejos, de la noche a la mañana pueden hacer enloquecer a los humanos y trastornar su destino.

VII

De buena mañana, resiguiendo la costa, el *Estela* zarpa de Orán en dirección a Djerba. Las primeras horas transcurren en calma y los coraleros almuerzan alrededor del mediodía, protegidos bajo el velamen. Después de comer, los armadores y algunos marineros aprovechan para adobar las grietas con alquitrán y estopa. A partir de media tarde, los hombres recuperan el brío cuando, envalentonada por un cambio de viento, la embarcación empieza a surcar la mar con ímpetu.

Al atardecer, sin embargo, mientras unos cenan y otros hacen guardia, les alcanzan unos nubarrones que se llevan consigo los últimos fulgores del día. El primer chaparrón parece solamente un preludio y los marineros se apresuran a dispersarse por la cubierta y asegurar el barco. De golpe y porrazo, la tempestad estalla y el barco se torna ingobernable: las gotas de lluvia son saetas propulsadas por vientos huracanados y los rayos, varazos de luz y fuego que iluminan rostros alarmados entre el caos.

El piloto y el capitán consultan los mapas buscando resguardo en alguna cala, pero la tempestad les aleja de la costa, zarandea la nave y la balancea sin piedad.

—Intentemos capear el temporal —dice el capitán—. Y pasar la noche en puerto.

---

13   Ser de la mitología catalana (N.T.)

Ambos saben, sin embargo, que si se acercan demasiado a la costa el barco puede embestir algún escollo o algún farallón.

—Si no amaina esta noche —grita el piloto, para hacerse oír en medio de la tormenta—, ya no vamos a ver la luz del día.

—Que san Pedro nos ampare —se limita a decir el capitán Casas.

La nave gime, la madera cruje, las velas aletean, los hombres gritan. La mar brama y la lluvia es tan intensa que todos parecen ciegos y sordos. De súbito, el barco empieza a orzar y las ráfagas de viento, abruptas y afiladas, astillan el mástil, que chasquea y se desploma con estrépito sobre un marinero. Aferrado a una cuerda de popa, a pesar del bramido de la tempestad, Eladi oye los alaridos del hombre, que pierde la vida entre violentas convulsiones antes de que pueda socorrerlo. Cuando por fin llega hasta él, reconoce el rostro de Jeroni Ferrer, un marinero de Calella con el que había ido a menudo a buscar coral a la Brama.

—Casas de Palamós tiene entre ceja y ceja una muy gorda —le había dicho una tarde Jeroni mientras bogaban—. Si te decides a apuntarte a su expedición, a lo mejor podrás salir adelante de este mal paso.

Eladi se agacha ante el cadáver aplastado y se estremece ante aquellos ojos que todavía retienen todo el horror que acaban de vivir. Los gritos del capitán, que buen conocedor de aquellas aguas suplica un último esfuerzo, le hacen reaccionar. Los marineros semejan peleles que desparecen manteados por las olas; la embarcación, un trebejo a merced de los vientos. En un momento de desespero, parte de la tripulación, entre los cuales a Eladi le parece ver a su compañero de litera, intenta salvarse embarcándose en un laúd, que la mar vuelca sin esfuerzo. Todo el mundo intuye la tragedia. Todo el mundo sabe, sin necesidad de decirlo, que la nave está condenada. El capitán Salvador Casas, no obstante, con la mirada fija, con los dientes apretados y los ojos llameantes, se mantiene aferrado al timón, mudo, dispuesto a inmolarse con su nave.

Abatido en medio de las aguas, notando cómo el barco empieza a zozobrar, Eladi Frigola i Busquets hace un juramento: si sobrevive, bautizará a su hijo con el nombre de la primera tierra que pise. Acto seguido, como liberados de una última carga, su cuerpo y su mente se relajan, claudican. Y un golpe de mar brutal lo estrella contra la cubierta.

VIII

Serafí se acerca hasta la masía de la Heura con el mulo, para cumplir el compromiso con su hermano mayor: velar por las dos mujeres y asistirlas en las tareas más onerosas.

Su madre sufrió y murió para darle la vida y, desde entonces, dócil y sumiso, parece que tenga una deuda siempre impagable con casi todo el mundo, la eterna expurgación de un pecado que, a pesar de todo, contrasta con su talante vitalista y un poco ingenuo. Enterrada la madre, el padre halló la excusa perfecta para beber más de lo que ya bebía. Cada tarde se alargaba un poco más en la taberna, donde dilapidaba el jornal y la salud, y cada día salía un poco menos a la mar. Eladi se lo reprochaba a menudo y a menudo se enfrentaban: dos hombres cara a cara, como dos gallos salvajes, uno joven, el otro maduro, uno magro, el otro panzón, de la misma altura, casi con la misma fuerza. Recién salido de la infancia, Serafí lo observaba todo desde lejos, aterrado, y acataba siempre las órdenes de Eladi, el heredero y, ahora, el cabeza de familia. Pues era Eladi quien salía cada día a pescar, quien trabajaba de bracero en alguna masía de los alrededores, de peón, de ganapán, de lo que fuera, para mantener a la familia y pagar las deudas que, semana tras semana, iba acumulando el padre. Una tarde, cuando Eladi había salido a calar las nansas, el padre llegó a casa enardecido por el alcohol, agarró a Serafí de un zarpazo y le pidió, con gritos y amenazas, dinero.

—Le juro, padre, que no sé dónde guarda el dinero Eladi —le contestó su hijo, que apenas podía dominar el temblor.

El padre le miró con el odio de los borrachos y, de un trompazo, lo estampó contra la pared. El chico, que ya se lo había hecho todo encima, se cubrió la cara con las manos y empezó a gemir y a suplicar. Enloquecido, el padre lo golpeó hasta tumbarlo en el suelo, donde continuó golpeándole, ahora a coces, mientras Serafí se encogía como un gusano. Le pegaba por la mujer difunta, por el hijo mayor que se le rebelaba y le humillaba, por el vino que le hacía perder la cordura y porque ya era un hombre vencido, sin principios y sin futuro alguno.

Lo dejó en el suelo, inconsciente, llagado y sangrante, medio muerto, y regresó a la taberna para seguir bebiendo, aunque tuviera el bolsillo vacío. Cuando Eladi encontró a su hermano, llamó a una vecina para que le curase las heridas y se fue derecho a la taberna. Se encaminó decidido hasta donde se encontraba su padre y, ante todo el mundo, masticando cada palabra pero sin alzar la voz, le dijo:

—Si vuelve a poner las manos encima del chiquillo, seré yo el que le dejará a usted tendido en el suelo. Y no va a levantarse nunca más, téngalo por seguro.

Serafí lo supo poco después y, desde entonces, admiró a su hermano, que nunca jamás le relató aquella escena. Al día siguiente de la paliza, el padre desapareció. Semanas más tarde, les llegaron voces de que se había unido a un grupo de pescadores que iban a los sardinales de l'Estartit y de l'Escala. Entonces alguien comentó que vagaba entre Cadaqués y Llançà, a veces trabajando, a veces mendigando, a menudo ebrio y siempre zarrapastroso. Hasta que, años más tarde, se enteraron de que había muerto en Montevideo, de unas fiebres, mientras trabajaba embarcado en un buque mercante.

Abrevado el mulo, Serafí camina ahora a grandes zancadas hasta el interior de la masía.

—Alabado sea Dios —grita para advertir su presencia.

Encuentra a Helena y a su madre en la cocina, al lado de la lumbre, asando cebollas en el rescoldo y limpiando condrilas para la cena. Le reconforta la presencia de la Cherna, que menea el rabo y le olisquea con insistencia mientras él, plantado en la cocina y un poco cohibido, observa a las dos mujeres en silencio. Helena, divertida ante el aturdimiento de su cuñado, que le parece un niño demasiado crecido, le invita a sentarse y le ofrece el porrón.

—Siéntate, Serafí, anda, y bebe algo —le dice la mujer—, que vendrás rendido y con hambre de lobo.

El hombre se sienta y se relaja, como si le hubieran quitado un gran peso de encima.

—Parece que va a soplar un buen garbino —dice, por la pura necesidad de hablar, mientras se rasca la nuca en un gesto inconsciente.

No es hasta el cabo de un rato, oyendo las preguntas de la abuela Helena, que Serafí recuerda que ha venido a la masía para empezar a recoger las aceitunas.

IX

Al día siguiente, Eladi recupera la consciencia. Se halla tumbado, con la ropa empapada y hecha jirones, sobre los restos de la nave, convertida en un armatoste descalabrado, un rimero de maderas y de velas en cuyo extremo, amarrado a una cuerda, descubre un laúd. A bordo solo queda un marinero: es el grumete, que yace inmóvil, encogido bajo uno de los bancos de boga. Quiere llamarlo, pero a duras penas le sale un hilo de voz.

Por más que lo intenta, no puede recordar el nombre del grumete, pues a bordo todo el mundo le llamaba «chico» o «mozuelo». Tiene trece años recién cumplidos, aunque parece más joven por sus andares desgarbados y patizambos, por un cuerpo escuchimizado que aún vacila entre la infancia y la pubertad, por esa cara pecosa y, sobre todo, por los ojos, que siempre parecen suplicar algo o ansiar lo inalcanzable. Sus padres, unos pescadores cargados de hijos y de deudas, lo mandaron allende la mar para ahorrarse un plato en la mesa o para no ver morir a otro vástago. Acaso por todo ello el capitán Casas le tomó cariño y le acogió bajo su protección, a pesar de que simulaba mostrarse severo con él y de vez en cuando le escarnecía ante los demás marineros.

—¿Qué te pasa, mozuelo? —le había preguntado un día Eladi, mientras el grumete se encontraba enfurruñado, conteniendo las lágrimas, en un rincón de cubierta.

—El capitán, que me trata como si fuera un crío y no quiere darme trabajo de hombres. ¡Me cago en la ostia consagrada y en la santísima madre de Cristo! —se había desfogado el grumete, imitando las blasfemias de sus compañeros.

—¡Ahí es nada! —Eladi había reprimido la risa—. Tendrás toda una vida para hacer el trabajo de los hombres.

Ahora recuerda aquella conversación mientras se tambalea por entre las maderas, pues las piernas a penas le sostienen y los brazos parecen de piedra. Finalmente, consigue asir la cuerda y acercar la embarcación, que ata y examina antes de subir a bordo. El chico tiene heridas graves en el pecho y una brecha en la cabeza, pero le parece que aún está vivo aunque inconsciente. Aturdido por el esfuerzo, se mete a rastras en el laúd e intenta mover el cuerpo del grumete.

—¡Por santa Reparada, virgen y mártir! —grita, y no puede reprimir unas arcadas, ante aquel colgajo deforme y sanguinolento: los restos del brazo izquierdo, cercenado a la altura del codo.

X

La abuela Helena escarda el huerto y, de vez en cuando, separa alguna mata, alguna flor, que se guarda en los anchos bolsillos de la falda. Refunfuña a menudo, como si rezara el rosario, y espanta a las palabras y a los recuerdos como quien espanta a las moscas que le revolotean cerca de la cara.

—Dios del cielo, esta espalda mía —se lamenta, y vuelve a inclinarse hacia la tierra, como atraída por un imán.

No ha sido nunca una mujer atolondrada, ni tan solo presumida o fiestera, ni cuando era joven, quizás porque no tuvo tiempo de ser nada de todo ello: era la mayor de seis hermanos y tuvo que hacer de madre a los más chicos. Se casó porque su pretendiente parecía un buen hombre, limpio y honrado, con tierras y con juicio, pero también porque así podía huir de una casa y de una familia que ya le estaban agotando las fuerzas y arruinando las pocas ilusiones que todavía le pudiesen quedar intactas.

—El bálsamo es mano de santo… y las ortigas, huy, las ortigas también —murmura, mientras arranca un manojo sin notar ni el más ligero escozor en los dedos.

Cuando ella fue madre, su primer hijo se le murió en las manos, al cabo de pocos días, sin ningún lamento, sin ningún gemido, igual que las brasas cuando pierden el ardor. «Tenía un corazón como el de los gorriones», le dijo el médico, y ella pensó que incluso los pájaros se podían curar, pero se calló, cohibida ante aquel hombre sabio y atildado. Y lloró a su hijo días y días, hasta que tuvo el suficiente ánimo y las fuerzas justas para volver a quedarse embarazada.

Luego llegó Helena, que nació en un santiamén, como si tuviera prisa por saciarse de todo lo que la vida podía ofrecerle. Al poco tiempo ya corría y brincaba por todas las estancias de la casa, por los bancales y los campos de la masía como si se los conociera desde siempre. Hoy entraba en el gallinero para saber cómo se las apañaban las gallinas para poner los huevos; mañana se metía en la pocilga para ver a la marrana amamantando a los cochinillos. Y cuando no la encontraban por ninguna parte, estaba subida a la gran encina y, oculta entre el follaje, lo observaba todo con ojillos de hurón. Fue gracias a esa hija, a la que nada parecía asustar y que casi nunca lloraba, que ella también se reanimó y se sacudió muchas manías de encima, angustias que le robaban el sueño y el apetito y le garabateaban demonios en la oscuridad.

Una tarde, su marido la acorraló contra la pared del establo y, con un susurro, le dijo que la iba a preñar para que le diera un hijo que lo ayudase con las tierras. Ella, que ya notaba una mano ruda y torpe en la entrepierna, le aseguró que le daría un varón fuerte y brioso como ninguno.

Lo alumbró en pleno verano, antes de hora, pero aun así fue una criatura lustrosa, rosada y bonita como un ángel, que le decían todas las visitas con un deje de celos. A medida que crecía, sin embargo, se iba convirtiendo en un niño delicado que parecía más espíritu que cuerpo. Como a los objetos bellos, todo le perjudicaba: demasiado sol o demasiado frío, el aire de la mar o el polvo de la era, la picadura de las pulgas o los pinchazos de las zarzas… Y empezó a volverse asustadizo y melancólico, a llorar por cualquier nadería y esa carita ya no era rosada y mofletuda como la de un ángel, sino chupada y amarillenta como la de un viejo caduco. Entonces le subía la fiebre y tiritaba y escupía sangre y el médico iba y venía sin hallar nunca el remedio, siempre oculto tras buenas maneras y palabras enrevesadas. Y ella se juró a sí misma que iba a hallar el remedio, que esta vez su criatura no se le iba a morir en las manos como un gorrión. Con ansia, empezó a preguntar a las viejas curanderas cómo distinguir todas las hierbas y las flores silvestres y cómo preparar emplastes y ungüentos, jarabes e infusiones. Los pies se le llagaron de tanto correr por los bosques y los márgenes y las rieras, y las manos se le agrietaron y se le tiñeron de todas la plantas que había recogido. El día de santa Marta, sin embargo, justo cuando cumplía cinco años, el niño se murió tan magro como un santo después del martirio y tan pálido como una virgen de yeso. Su hermana, que le subía las medicinas, se lo encontró tumbado boca abajo en la cama, con las manitas rígidas y un hilillo de sangre en la boca. Nunca más quiso volver a poner los pies en aquella habitación. La madre le veló durante toda la noche y a la mañana siguiente, tan pronto como amaneció, quemó en el dormitorio unas ramas de romero para que los malos espíritus no volviesen a entrar jamás en aquella casa donde los hijos varones parecían malditos.

XI

Cuando Eladi era pequeño le despachaban a la escuela por las mismas trochas, empinadas y pedregosas, que habían tomado sus abuelos y bisabuelos y que habrían de tomar también sus nietos y bisnietos. Rezongaba a la hora de levantarse, pronunciando alguna palabrota entre dientes, y remoloneaba mientras con un movimiento de muñeca se iba desenredando aquella mata de pelo rebelde y se limpiaba las legañas. Salía de casa como alma que lleva el diablo, pero llegaba siempre tarde porque se entretenía por el camino lanzado piedras, trepando a los árboles o derrabando lagartijas. En invierno, cuando afuera todo estaba adormilado y cubierto de hielo, las lecciones todavía le resultaban pasables. Entre el sol desmayado que entraba por los ventanales y la estufa de leña que ardía en el centro de la sala, le atrapaba una modorra dulce que le iba aislando del mundo y de sus trajines. Sin embargo, no bien llegaba el buen tiempo, cuando todo florecía y verdeaba, cuando los pescadores ya empezaban a calafatear las barcas y el bosque se iba llenando de aves, bestezuelas y frutos, él se enervaba entre aquellas cuatro paredes.

A menudo, pues, hacía novillos. Habiendo llegado al pueblo, en vez de tomar el camino de la escuela, tomaba otro sendero que, atajando por el convento de Santa Reparada, le conducía hasta Sa Riera. Se iba entonces derecho a la barca del viejo Xerrac, un pescador locuaz del que se contaba que había ido a buscar coral a las islas de Cabo Verde y que se había embarcado hacia Puerto Rico, donde se había amancebado con una mulata que practicaba la magia negra. El hombre, sin embargo, no revelaba nunca nada acerca de aquellas supuestas aventuras, aunque Eladi no perdía la esperanza de que algún día le corroborara todos los rumores que corrían por el pueblo: que había visto narvales y ballenas, que sabía conjurar las sombras de los muertos o hallar conchas que, al abrirse, provocaban el soplo de los vientos.

—¿Es que hoy no tienes escuela, bergante? —le preguntaba el pescador cuando le veía aparecer por la playa con aire desganado.

—El señor maestro está enfermo —decía Eladi para justificarse, sin mirarlo.

—Coño, lo que me extraña es que todavía esté vivo —exclamaba, chancero, el viejo Xerrac—. Anda, súbete a bordo, que tenemos trabajo.

Y Eladi se embarcaba de un salto, sonriente, dispuesto a barquear hasta quedarse sin aliento. Solo cuando ya llevaban un buen rato en la mar, el pescador se relajaba y, a resguardo de cualquier oído indiscreto, empezaba a charlotear como un sabio antiguo, como si estuviera en el mundo desde el preciso momento en que había surgido el mundo.

—Y de lo que te acabo de contar, solo créete la mitad —concluía siempre. Y acto seguido se sacaba la navaja del bolsillo y rebanaba un pan duro y grumoso que acompañaba con un queso enmohecido o con una panceta salada.

—Toma, bergante, que a tu edad primero hay que atiborrar al cuerpo —decía, ofreciendo a Eladi una rebanada de pan.

Saciado, exhausto de madrugar, de correr caminos y ayudar al pescador a calar, a recoger las nansas o a colocar el cebo en el palangre, se adormilaba, tan campante e inocente como un bebé, con la cabeza apoyada en las redes, sintiendo en todo el cuerpo el balanceo de la barca.

Ahora, entre el delirio y el agotamiento, entre el sueño y la vigilia, cree tener otra vez ocho o nueve años y hallarse de nuevo en la barca del viejo Xerrac. Incluso le parece notar las redes en las mejillas, que le dejaban unas marcas como si hubiese pasado la viruela, y oír las canciones que silbaba el pescador o su voz, ronca pero estentórea, cuando le decía: «Anda, bergante, que ya estamos en tierra y me queda mucho trabajo por hacer».

XII

A la entrada de la masía, sobre un poyete, la abuela Helena prepara lejía de ceniza y, de vez en cuando, levanta la vista hasta el cielo como si en él buscara rastros y signos que solo ella es capaz de ver.

Desde las primeras luces, Helena y Serafí están en los olivares: ella abre el saco y él va echando dentro las aceitunas. Cuando ya lo tienen lleno, Serafí se explaya de nuevo vareando las ramas de los olivos: le gusta el crujido de la ramada y del follaje, y el ruido apagado de los frutos cuando caen en el tendal y, más que nada, le gusta sentir las aceitunas en las manos, frescas, suaves, redonditas, como diminutos pechos de mujer.

—Muchos olivos están tocados —le explica a Helena, abriendo la mano y mostrándole las aceitunas maltrechas—, y los buenos no vienen muy cargados este año.

—¡Qué lástima! Antes estos olivos eran una bendición del cielo.

—Sí, cuñada, ya conoces el dicho: el aceite de oliva, de cualquier mal te priva.

A media mañana, se detienen a tomar un bocado.

—¡Qué sol tan bueno! —dice Helena—. Quiera Dios que no tengamos un inverno tan largo como el pasado.

Sin embargo, la abuela Helena augura mal tiempo, amparada en sus supersticiones ancestrales, y vuelve a quejarse de los huesos mientras se adentra en la masía, cargada de cacharros. Helena entra también tras ella para echarle una mano y empezar a preparar el almuerzo.

Solo en medio de los olivares, con los sacos ya llenos, Serafí descansa y contempla los troncos nudosos de los olivos. Recuerda que, ya de chico, se quedaba embobado en los márgenes de los campos resiguiendo con los ojos el verdor reluciente de los sembrados, y a veces tenía que contenerse para no empezar a correr a través de aquellos campos de centeno, de cebada o de alfalfa. Disfrutaba también acompañando a Eladi al huerto y arrancando las azanorias o los ajos tiernos de un tirón, como si pusiera a prueba su fuerza, que siempre le parecía poca en comparación con la de su hermano. Incluso cuando trabajaba de jornalero durante la siega del trigo, a pesar de los latigazos del sol y de las jornadas sin fin, le gustaba atar las gavillas y ver luego cómo los carros las trajinaban hasta la era para empezar la trilla. Allí el trabajo se tornaba más monótono, pero siempre se aligeraba cuando los compañeros contaban chascarrillos o los mayores relataban historias fantasiosas.

—Tendríais que encontraros cara a cara con la serpiente del Puigcalent, mientras estáis segando las mieses —berreaba siempre un viejo payés de Regencós para espantar a los más jóvenes—. Como hay Dios que os faltaría tiempo para terminar el trabajo, en cuanto le vierais los colmillos, que parecen dos címbaras.

—¿Y usted la ha visto? —le preguntó Serafí, el primer día que acudió a la siega.

—Igual que te veo a ti ahora —contestó el payés, mirando de reojo a los demás segadores, que ya esbozaban una sonrisa de mofa—. Y se echó a reír delante de mis narices, la muy bruta.

XIII

El laúd vaga, perdido e indefenso, sin vislumbrar otra cosa que el azul de la mar y del cielo. Los primeros días los ha vivido escrutando las aguas, quemándose la vista en busca de un barco que lo recogiera. Ahora, en cambio, intenta buscarse tareas que engañen al tiempo y que le ahorren la muerte o la locura. Durante las horas de claridad, se entretiene contemplando los atunes y los tursones que se deslizan rozando el laúd y que tantas veces maldijo cuando le estropeaban las redes repletas de pescado azul.

«De los animales de la mar, yo me quedo con los erizos», le decía siempre el viejo Xerrac.

«¡Pero pinchan una cosa mala!», se exclamaba Eladi.

«Tanto como quieras», admitía el pescador, con una risotada. «Pero eso es porque guardan un tesoro dentro. Y, además, nunca se mueven de las rocas. ¿No te zamparías ahora mismo un buen puñado de esos bichos?».

Se alimenta de algas viscosas y de crustáceos minúsculos que, de vez en cuando, se incrustan en ellas. Con los restos de una vela y de una verga ha fabricado un salabardo que contempla con un orgullo teñido de tristeza. Cuando la suerte le sonríe, puede capturar alguna tortuga, las más grandes que ha visto jamás, y dedicar luego todas sus energías en matarla con una madera angulosa que es su única arma. Después, sentado y con el animal entre las piernas, debe hallar las grietas de aquel caparazón colosal para poder devorar sus entrañas, que saben medio agrias medio amargas, como el regusto de una carne ya pasada. Los peces, por más que lo ha intentado incluso en sueños, se le escabullen sin remedio y luego se percata de que pronto tendrá que empezar a comer esas aves muertas que flotan, a la deriva, sobre una mar absurda.

Por las noches, el frío le azota y le hiere y, justo cuando puede intuir el sueño, le desvelan los lamentos del grumete. Ha intentado consolarlo, pero la respuesta del chico siempre ha sido un balbuceo incoherente. A pesar de todo, cada mañana se acerca a él, le habla, le examina las heridas y le cambia el vendaje del muñón, que ha envuelto con una vela hecha jirones. Finalmente, con la cabeza del muchacho descansando en el regazo, le remoja los labios con el agua sanguinolenta que ha podido recoger del interior de alguna tortuga. Cuando termina, siempre le invade la sensación de que todas esas atenciones son inútiles, aunque también piensa que, si deja de cumplir ese ritual, ya nada tendrá ningún sentido.

XIV

El gran animal, condenado por la luna creciente, lanza alaridos mientras un cuchillo afilado, que Serafí clava y desclava con destreza, le siega el cuello. Primero, la sangre salpica los rostros y chorrea por los dedos de los humanos que luchan contra la bestia. Después, brota humeante y tibia, y va llenando la barreña de metal que la abuela Helena remueve para que no se cuaje. Ahora, con el puerco atocinado, la peste a chamusquina y el hedor de tripas calientes se esparcen y se huelen por doquier.

—¡Que tufo a carne fresca! —dice Helena, para llamar la atención de Serafí, que pasa a su vera con el cuchillo ensangrentado en las manos.

—Sí, cuñada, vamos a dejarlo todo hecho una guarrería, con este bicharraco. ¿No sería bueno reposar un poco?

Ella le mira a los ojos, agradecida, y solamente es capaz de esbozar una sonrisa cansada mientras busca las palabras que no encuentra.

Las carreras de los críos, que se persiguen entre las pilas de leña, desvían las miradas e interrumpen la charla. Los hombres bromean mientras se van pasando el porrón y las mujeres empiezan a poner la mesa y a cocer la sangre y el hígado con cebolla y carne magra, que todos comerán de pie, directamente de las grandes paellas ennegrecidas. Bajo el delantal manchado, Helena nota la respiración alterada y el latido del corazón. Se detiene un momento, reclinada en un poyete, y devuelve el saludo al pastor que, con el cayado en alto y echando silbidos, conduce al rebaño hacia los pastizales de la masía.

—El pastor, Helena, es un pozo de ciencia —le dijo en una ocasión su padre, cuando todavía era niña y le gustaba acariciar a los caloyos—. Conoce estas tierras como nadie porque ya las pastoreaba en tiempos de tu abuelo.

—¿Y cuántos años tiene el pastor, padre?

—Pues no lo sé, hija mía —sonrió él—. Aunque a veces me da a mí que el hombre es más viejo aún que la masía y la encina.

Al anochecer, la masía vuelve a estar en calma, como la mar después del temporal. Los embutidos, colgados en la despensa; la carne aireándose en el patio, extendida sobre unos manteles de un blanco deslumbrante. Todo limpio y recogido. La abuela dormita y ronca en el balancín, con la Cherna tumbada a sus pies. Sentada en el escaño, con las manos entrecruzadas sobre la barriga, Helena percibe los bruscos movimientos de la criatura y se sonríe sin darse cuenta.

Desde un rincón de la sala, Serafi brega consigo mismo para no mirarla y, mecánicamente, lía un cigarrillo para entretener a los ojos y a los dedos, y a todo lo que le cruza por la cabeza como si fuera una bandada de pájaros. El humo, sin embargo, se eleva parsimonioso, obstinado, serpenteando, y le retorna la mirada hacia Helena, que ahora tiene cerrados los ojos y sabe que, si los abre, va encontrarse con los de su cuñado.

XV

Cerca del mediodía, según deduce por la posición del sol, Eladi deja de oír la respiración del grumete y oye solamente la mar, inmensa, inhumana, invencible. Nota la boca pastosa, la ropa hecha jirones y soldada a la piel, cada vez más castigada por los rodales de sal, por la intemperie y por la dureza de la madera. Le invade una soledad inconsolable, reforzada por un cielo monótonamente azul, sin un ave, por unas aguas encalmadas que apenas logran balancear la embarcación. Los recuerdos se le superponen, se le amontonan, se confunden y se mezclan con el presente, que a su vez parece un pasado vivido y revivido hasta la náusea.

No sabe cuántos días hace que ha dejado de contar los días.

El sol, despiadado, se eleva, arrogante, y la sed se mezcla con un boquete en el estómago y una laxitud en la mente. Siente la necesidad de rezar, antes de caer exhausto, colapsado.

XVI

Mientras va metiendo la ropa limpia en un barreño, Helena canturrea sin percatarse de los ojos que la observan. Pesada y un poco torpe, se inclina de nuevo en el lavadero y, al incorporarse, un temblor se le escurre por las piernas y la obliga a aferrarse a la piedra pulida por el agua. Al lado del establo, Serafí toma impulso y vuelve a clavar el hacha en el leño a medio astillar. Cuando levanta la cabeza de nuevo, Helena resuella, con el barreño volcado y el agua en rededor, tumbada cerca de la portezuela.

Reprimiendo un grito, tira el hacha al suelo y corre hacia el lavadero. La Cherna suelta unos ladridos largos, insistentes, y la abuela Helena sale de la masía.

—¡Dios mío de mi vida! —exclama, persignándose. Sin embargo, reacciona de inmediato—. Serafí, cógela por debajo de las axilas, que yo la cogeré por los pies.

A trompicones, entran en la casa y la tienden en la cama. La abuela le desabrocha la ropa, le humedece la frente y las mejillas y le prepara una infusión de hierba cupido y un cataplasma de hierba mora. Cuando sale de la estancia se tropieza con la mirada suplicante y ansiosa de Serafí.

—No te apures —dice la abuela—. Solo necesita descansar.

XVII

Cuando recobra la consciencia, lo primero que ve Eladi es el rostro pecoso del chico: los ojos abiertos de par en par, los cabellos grasientos, un rictus de dolor en la boca. No sabe por qué, pero justo ahora le acude el nombre a la cabeza: se llamaba Ramonet y era hijo de l'Escala. Debería tirar el cadáver a la mar, pero casi no puede levantarse y, además, algo en ese cuerpo púber y cándido le impide ofrecérselo a los peces.

De madrugada, reponiéndose aún de las pesadillas, columbra un velero y, a pesar de la extrema debilidad, se incorpora y agita los brazos, luego el salabardo, siempre con gritos de hombre esperanzado, de fiera enjaulada. La voz se le torna ronca, los brazos se le envaran, los ojos le escuecen. Chilla, suplica, clama, reniega, maldice…, hasta desgañitarse. El velero, no obstante, se aleja, impávido, indiferente, inalcanzable. Sin voz y sin fuerzas, Eladi se deja caer sobre la cubierta igual que un animal herido. Llora lágrimas que se confunden, por primera vez desde el naufragio, con una lluvia fina que empieza a aclararle la piel. Con los brazos en cruz, como un crucificado, tendido boca arriba sobre el laúd, gime y ríe a la vez aceptando aquel regalo del cielo y dejando que cada gota le moje, le empape la cabellera greñuda y la barba salvaje, le resbale por las comisuras de los labios, agrietados, resecos, mientras con la boca abierta engulle el agua con avidez.

Durante los días posteriores, a cada instante, recordará esa llovizna como única arma para combatir a la sed. Sed que le martiriza haciéndole olvidar cualquiera otra penuria o dolor. Sed que le lleva a lamerse los brazos y las piernas, la madera áspera y tosca, para intentar recoger las gotas de rocío que, a pesar de todo, saben a sal. Sed que le obliga a probar sus propios orines. Sed que le domina el pensamiento, que le quebranta los huesos y le estremece el alma, entre la demencia y la desesperación. Sed que mata.

XVIII

En los días próximos a la Navidad, cuando los viñedos ufanos rodeaban la masía, se empezaban a podar las cepas, recuerda Helena, mientras teje unos peúcos para la criatura. Abstraída por el goteo de la lluvia, se acaricia el vientre y, por unos momentos, le parece que ya está acariciando a su bebé. Ve los campos enfermos desde la ventana, entre las gotas y la neblina, y evoca, con un murmullo, el dicho que su padre siempre le recitaba de pequeña: «Un mal golpe echa a perder un odre; una mala poda echa a perder toda la bota».

Un padre dulce con ella y, a menudo, brusco y arisco con su madre. Un payés con una sabiduría agreste, tan antigua como la misma tierra, a la que a veces maldecía y otras veces regraciaba. Un hombre que, el día en que murieron sus hijos, se fue a trabajar al campo como una jornada cualquiera. Una tarde, sin embargo, se llevó a Helena hasta una colina cercana y le mostró aquellas cepas colmadas de uvas que centelleaban como joyas ante los ojos de la niña.

—Esta masía será tuya —le dijo—, porque Dios Nuestro Señor nos ha quitado a dos hijos pero nos ha dado una hija llena de vida y de virtud.

Hoy, Helena se ha planteado incluso vender las barricas para hacer frente a todos los contratiempos que la van acorralando, como si fuera un animal salvaje perseguido por una cuadrilla de cazadores. A última hora, sin embargo, siempre se resiste a la venta porque esas barricas, que su padre compró, conservó y contempló con un secreto orgullo, son el último símbolo de esplendor de la masía.

XIX

Un día cualquiera, el viento terral atrae a la embarcación

hasta la ribera de una playa. Una muchacha, que ayuda a su padre a preparar las nansas, advierte los dos cuerpos que yacen en el laúd destartalado y no puede reprimir un grito. Uno es un cadáver en descomposición, picoteado por las aves, que se le han comido hasta los ojos. El otro, concluye el pescador al primer vistazo, debe de estar muerto o a punto de morir. Ordena a su hija Elpida, una muchacha de diecinueve años con ojos grandes y cabellera de azafrán, que participe a los vecinos del descubrimiento y avise al médico. La chica se marcha rauda y enfila la callejuela rocosa que se adentra en el pueblo. Corre y pide auxilio como si quisiera salvarse de sí misma, hasta que se queda sin aliento y, refugiada en un cancel, se deja caer al suelo y empieza a sollozar, todavía con la imagen de aquellos dos hombres clavada muy adentro.

Ante la barca y los dos cuerpos, el pescador evoca lo que no querría evocar: su esposa y su hijo ahogados, hinchados y desfigurados por el agua, como dos muñecos macabros. Pronto le rodean otros pescadores, que murmuran, que chismorrean, que hablan mucho y no hacen nada. Entonces, sin mediar palabra, carga a Eladi y se lo lleva a cuestas hasta su casa, a tiro de piedra de la cala. Ese hombre, de andares firmes y maneras pausadas, que no se libra jamás del pasado, se llama Spíridonas, como la playa y la tierra que pisa.

XX

Con los campos todavía helados y algunas aves en el nido, se oyen los primeros llantos de la criatura que se llamará Tomàs, como aquel abuelo materno al que ya no va a conocer. En la misma habitación donde ella vino al mundo, Helena descansa y jadea, con trapos húmedos que su madre le va colocando en la frente y en las sienes y, poco a poco, parece que ella también renazca. Acoge al niño entre las sábanas y le acaricia la mejilla con el reverso de los dedos, basculando entre la dicha y la tristeza.

—Bienvenido al mundo y a la masía, pequeño mío —musita, como si le cantara una tonadilla.

Serafí no osa entrar en la habitación y se pasea arriba y abajo de la sala, con las manos en los bolsillos y el retumbo de los zuecos en las baldosas. Piensa en sus compañeros, el mocerío del pueblo que hoy va a hartarse de dar inocentadas, y sin embargo se sorprende de ser feliz aun encontrándose en esa masía perdida entre la tierra y la mar.

—Es un varón —le dice la abuela Helena, asomando la cabeza por la puerta—. Ya te llamaré cuando puedas entrar en la habitación.

Apoyado en la pared, tiritando de frío y de impaciencia, se frota las manos y empieza a liar un cigarrillo.

—Serafí... —susurra la abuela, desde la puerta.

—¿Mande?

—Haz el favor de lavarte y cambiarte de ropa, que apestas a estiércol. Si no, no voy a dejarte entrar a ver al niño. Y quítate esos zuecos, ¡por el amor de Dios!

Se rasca la nuca y se sonríe, como si le hubieran pillado en plena travesura, y da una calada al cigarrillo con ansia, mientras el humo, solo por unos instantes, se mezcla con su propio aliento, que parece contener todas las palabras reprimidas.

Incorporada en la cama, con un gran cojín en la espalda, la madre descubre un pecho violáceo que el crío succiona con deleite. El sol empieza a iluminar los campos y, muy lentamente, a deshacer la escarcha que la tierra se traga, sedienta y agradecida. Desde la cama, madre e hijo oyen el piar de los pájaros que, empujados por el hambre, ya han abandonado el nido y revolotean por los árboles y el tejado de la masía.

Cuando Serafí abre la puerta de la habitación, ambos duermen y él, a pesar de la muda y las alpargatas nuevas, no osa cruzar el umbral.

XXI

Eladi habita muchos días al filo de la muerte. Mientras yace inconsciente, febril y delirante, algunos vecinos le han traído medicinas y espíritu de vino; otros, toallas y ropas; y otros, incluso cirios e imágenes de santos. Su habitación parece un altar y él, un lázaro esperando la resurrección.

Se despierta exánime, desorientado, con los miembros que le parecen ajenos y unas ropas holgadas que huelen a lavanda. Divisa, a través de la ventana, unas casas menudas y emblanquecidas, un cielo de un azul vivísimo, aclarado por los vientos y, más allá, unas aguas cristalinas que verdean y mueren en una cala rocosa y resguardada. En un primer impulso, todavía aturdido, cree que se halla en su casa, en Sa Tuna. Al pasear la vista por la habitación, sin embargo, intuye lo lejos que está de su hogar. Escucha el silencio de la casa, denso y agobiante, y se remueve en la cama como si quisiera comprobar que aún está vivo y todavía puede captar los sones. Alza la mirada, de nuevo, en busca de la mar y ahora que la ve de lejos, agitada por el viento, le retorna a la cabeza el estrépito de la tempestad, el horror del naufragio y el cuerpo macilento del grumete. Desearía arrinconarlo todo, pero no puede o todavía no sabe cómo hacerlo.

«Cuando estés en un aprieto», le aconsejaba el viejo Xerrac, con aquella risa cavernosa, «tú haz como hacen las sepias y los calamares, lo salpicas todo de negro y luego seguro que lo ves todo más claro». El asentía con la cabeza, pues todo cuanto le decía el pescador le parecía indiscutible, pero lo cierto es que no hallaba sentido ninguno en aquellas palabras que ahora, sin embargo, le parecen tan cabales. Cierra fuertemente los ojos, hasta que le lloran, para alejar las imágenes funestas, y los vuelve a abrir buscando algún rincón en dónde refugiarse: se topa con los ojos de Elpida, que acaba de abrir la puerta y le sonríe, tras velarlo día y noche.

Cuando Spíridonas regresa de la playa, Eladi está durmiendo y su hija lo vela de nuevo con la misma abnegación de estas semanas. El pescador no dice nada, entorna la puerta de la habitación y, con una sonrisa casi imperceptible, se va a cenar.

XXII

Serafí se llega hasta la masía para ver cómo se encuentra el infante, y para ayudar a las mujeres en las tareas más ingratas, aunque Helena trabaja a menudo con más brío que cualquier hombre. Hay días, cuando el trabajo se alarga, que se queda a dormir en la casa, acurrucado en un jergón cerca de la lumbre, acompañado por un gran leño que arde con indolencia. Un día le preguntó a la abuela Helena si no podría aderezarle esa otra habitación del primer piso, la que siempre estaba cerrada.

—Ahí no entra nadie más que yo —replicó ella.

La tramontana silba, pertinaz y gélida, escurriéndose por cualquier rendija, y Serafí agradece hallarse lejos de la mar, donde las olas se enfurecen hasta enloquecer. Oye a Helena, que se levanta reclamada por los llantos del crío, y le llega la canción de cuna que el viento torna huidiza.

Está a punto de levantarse él también, pero vuelve a abrigarse con la frazada y se queda mirando las ascuas que la tramontana aviva. La erección le duele bajo el pijama y las manos se crispan aferradas a las sábanas rasposas. Todas las mujeres en las que piensa acaban teniendo el rostro de Helena, y el grito que ahoga mientras eyacula lo desvela el resto de la noche.

Al día siguiente, como si quisiera purgar una falta, trae comestibles del pueblo, así como harina y arroz que ha intercambiado por pescado con los payeses de los alrededores. Helena lo acepta todo con un regusto de vergüenza o de pesar, igual que si se tratara de una limosna.

—Ya nos apañamos con lo que nos da la masía —le miente, desviando la mirada—. Bastante haces, Serafí.

En la mar, las menguas favorecen a los erizos que asoman por las rocas y, en la tierra, los campos se han tornado yermos y ni tan siquiera las alimañas encuentran en ellos comida. El invierno, como había pronosticado la abuela Helena, se extiende hasta el último rincón: los arroyos están helados, los pastos mustios, y los animales se esconden en sus madrigueras o buscan tierras más cálidas. Serafí aprovecha cualquier artimaña para matar a los pájaros que buscan resguardo en las grietas de la masía y que la abuela Helena añadirá al *niu*[14], picante de guindilla y acompañado de un mortero de alioli.

---

14   Plato típico de ciertos pueblos de l'Empordà que se cocina especialmente en invierno y que se prepara con bacalao, pejepalo, patatas, sepia, albóndigas, codorniz, huevo duro, etc. (N.T.)

Del mismo modo que las comadrejas y los zorros, magros y famélicos, acosan a las aves de corral, los acreedores empiezan también a reclamar las deudas. Helena los entretiene diciéndoles que, por San Pedro, cuando regrese su marido, todo se va a arreglar.

XXIII

De cuando en cuando, Spíridonas entra en la habitación y con una mirada calmosa, sin palabras, le pide cómo se encuentra. Eladi le sonríe y asiente con la cabeza: es su forma de decir que va saliendo adelante y también su forma dar las gracias. Cuando el pescador se va, deja tras de sí el olor a mar, a viento y a barca, como una brisa que limpia el aire viciado y claustrofóbico de aquella habitación.

Días más tarde, Eladi se levanta por primera vez y, ayudado por Elpida, resigue las paredes de la estancia mientras se tambalea como si fuera un crío que da sus primeros pasos. Ella le alienta, le sonríe y, a pesar de que ya ha alcanzado su destino, lo sigue cogiendo de la mano. Él se engaña pensando que son únicamente aquellos pasos vacilantes la razón de tanta felicidad.

XXIV

Helena desgaja una rama de laurel que, como cada Domingo de Ramos, llevará a bendecir, y deja luego unas hojas en la cuna de Tomàs, que desde hace unos días sufre calenturones y llora por cualquier cosa. Toma el cesto para recoger un ramo de siempreviva en las cercanías del campo y tostarlo después en el fuego, sobre una lata: «De las casas aleja los rayos, y de las familias, los llantos», le ha dicho mil veces su madre.

Ajetreado en la mar a causa del buen tiempo, Serafí ya no frecuenta tanto la masía, aunque hoy vendrá a traer el roscón a su ahijado y luego irán todos juntos a bendecir las palmas a Begur. Helena ya le espera, sentada en la cocina, vestida de fiesta, los cabellos recogidos bajo la mantilla, con un cucurucho oloroso de matalahúva y anisado, su desayuno de camino hacia el pueblo. Por fin, los ladridos de la Cherna. Mientras se mira en el espejo y se retoca el peinado, Helena se pregunta si Serafí sabrá apreciar aquel vestido, el mejor que tiene, el único que le queda.

Sentados en un banco de la iglesia, sufren las miradas y los silencios de los demás feligreses. Las primeras filas están reservadas a las familias pudientes, ante algunas de las cuales Eladi se arrastró en vano buscando ayuda. Arrodilladas y medio ocultas tras los velos, dos beatas se ceban en la desgracia ajena.

—Esos de la masía de la Heura han perdido hasta la camisa —comenta una, mientras Helena se encamina hacia el confesionario.

—Y se ve que el cuñado no se mueve de allí —añade otra— ¡Virgen Santa, se han perdido todas las formas y toda decencia!

Helena se ruboriza de vergüenza y de culpa mientras le confiesa al cura los pensamientos impuros que, a pesar de todo, tal vez no quiera evitar. Se levanta, se persigna y, mientras se dirige a comulgar advierte, sin necesidad de verlos, los ojos que la siguen y que buscan también a Serafí, tan candoroso, tan distante a la mala fe de la gente.

—Si el demonio pudiera entrar en la iglesia, ¡estaría ocupado para el resto de sus días!—había oído decir al pastor, una tarde mientras tomaban el fresco con su padre bajo una higuera.

Bendecida la palma, Serafí reconoce la cabeza de Helena, bajo la mantilla blanca, escurriéndose entre el gentío. Ignorando todavía el alcance de las deudas que ahogan a la familia, la sigue hasta la botica del apotecario y aguarda en la calle, fumando y charlando con los amigos del pueblo. En el interior, se pasa de las discusiones a los gritos y, finalmente, a las súplicas.

—Aquí no tenéis crédito, señora —le reprocha el apotecario, y Helena ya no puede contener la rabia y la frustración ante aquel hombre altivo que la mira con una frialdad hiriente.

A quemarropa, Serafí entra en la botica, sacude al hombre por las solapas y le arroja unas monedas sobre el mostrador.

—¡Que os aprovechen! —le grita, como un escupitajo.

El apotecario se recompone la ropa y guarda las monedas en la caja.

—Muertos de hambre… —dice, entre dientes, a pesar de que los parroquianos ya se encuentran bien lejos.

Regresan a la masía en silencio, que solo rompen los chirridos de la tartana y los llantos de Tomàs, cada vez más desgarradores, cada vez más alarmantes. Justo cuando se encuentran delante de la gran encina, Helena busca la mirada de su cuñado.

—Gracias, Serafí —le dice. Y el silencio vuelve a imponerse entre ambos, pero sin estorbarles lo más mínimo.

Cuando deja el plato sobre la mesa, Helena roza la piel áspera de Serafí, que se agita y oculta el rubor tras el chisporroteo de la lumbre. Ella, para disimular un azoramiento casi adolescente, se acerca a la cuna: el niño abre los ojos y Helena tiene la sensación de que es Eladi quien la está mirando. Tomàs vuelve a tener fiebre, aunque ya se ha tomado el preparado del apotecario, y la madre lo envuelve entre sus brazos, meciéndolo.

—Ha pillado un mal aire —asegura la abuela Helena, que ya le ha preparado unas friegas de hinojo y eucalipto, malva y regaliz—. Pero se pondrá bueno.

Madre es medio bruja, piensa Helena, mientras aplica el ungüento en el pecho y en la espalda de la criatura. Madre es una mujer sabia, se dice a sí misma, tiene remedios para todo: para los sabañones, para que los pechos den más leche, para las picaduras de abejas y violeros… Cuando ha terminado, enciende una vela a santa Reparada y reza para que los conocimientos de la abuela curen al niño y le salven de las garras de la muerte que, vagamente recuerda, empalidecían la cara de su hermano pequeño y le provocaban accesos de tos salpicada de sangre.

XXV

Por primera vez en meses, sentado al abrigo de los vientos, Eladi puede percibir la fragancia de los pinos y el tomillo, y notar una brisa fresca, balsámica, en el rostro. Ahora que dispone de todo el tiempo del mundo, le gusta cerrar los ojos e intentar distinguir, como si de un juego se tratara, el canto de los pájaros entre los olivos y los almendros.

—Eso es el trino de un jilguero —le dice a Elpida, como si ella hubiera de entenderlo—. Jil-gue-ro —deletrea señalándole una de las ramas.

Ella repite el nombre lentamente, con dificultad, y se lo traduce ahora a su idioma.

—Karderina.

—Karderina —repite él, volviendo a cerrar los ojos y sintiendo la tibieza del sol.

Ambos sonríen en silencio, con timidez, igual que dos críos avergonzados de su impericia. Eladi se levanta y camina inseguro, ayudado por un bastón que Spíridonas le ha tallado de una rama de avellano. Siempre a su vera, Elpida le observa, estimulante, y no puede evitar pasarle la mano por los cabellos y hacerle una carantoña. Él se llena los pulmones con glotonería y, mientras ella le busca los ojos, expulsa aquel aire que quisiera retener para siempre.

A medida que se aproximan a casa, va descubriendo, en la lejanía, el velamen de las barcas de pesca y se da cuenta de que algún día tendrá que marcharse. Ella también mira hacia la mar y, talmente como si rezara, pronuncia una palabra que él todavía no comprende, pero que le va a quedar incrustada en el cerebro:

—Mine[15].

XXVI

Los pocos animales que todavía no se han visto obligados a vender, cuatro gallinas y un lechón, se inquietan cuando la Cherna ladra, amenazante, al landó que se detiene ante el lavadero, envuelto en una nube de polvo. Helena se seca las manos en el delantal y se apresura hacia el patio. Los tábanos revolotean insistentes al entorno de los caballos y un hom-

---

15   «Quédate» en griego (N.T.)

bre escuálido y relamido baja del carruaje una vez Helena ha atado a la perra. El hombre se quita el sombrero con una cortesía casi teatral.

—¿Está en casa Eladi Frigola i Busquets? —le pregunta, resiguiendo con los dedos el ala del sombrero.

—No, no está.

—¿Es usted su esposa?

Helena asiente y el hombre le entrega un sobre lacrado mientras se seca el sudor de la frente con un pañuelo de hilo.

—No sé leer —dice ella.

—¿Me permite?

El hombre le coge el sobre de las manos y le lee el contenido lentamente.

—¿Lo ha entendido usted? —pregunta, de nuevo con el pañuelo en la frente.

—Del todo —dice Helena, que regresa al interior de la masía maquinalmente, sin mirar al hombre ni al cochero, que ya levanta la fusta para arrear a los caballos.

Tomàs ríe sentado en el regazo de su abuela, que le hace cosquillas mientras le busca piojos. Helena guarda él sobre en una cajonera del dormitorio y, mientras aprieta los dientes para no romper a llorar, ve cómo se aleja el landó a través de los ciruelos del camino, que se muestran pletóricos, con las ramas casi tocando el suelo.

—Que Dios nos ampare —murmura, cuando en el camino ya solo queda polvo.

XXVII

Sentada en un taburete, Elpida empieza a ordeñar la cabra con los mismos gestos y siguiendo el mismo ritual que le enseñó su madre. La evoca siempre que ordeña y también siempre que prepara el queso o amasa la harina. A veces el rostro de su madre se le borra súbitamente y solo recuerda su voz o el olor de ropa limpia que desprendían sus manos. Otras veces la siente tan cerca, tan adentro, que parece que aún siga viva, diseminada como un polvillo en todas esas cosas que tocó o que le enseñó a hacer. No se lo ha contado nunca a nadie, claro. Y todavía menos a su padre, que a lo mejor no la comprendería o la tomaría por una bendita, pero sobre todo no se lo ha contado porque no quiere entristecerle más de lo que ya lo está. De su hermano, en cambio, solo guarda un puñado de recuerdos precisos, momentos estancados como un cuadro o una imagen fija. Los quería a los dos, por supuesto, pero los quería de forma distinta y, por eso, también los echa de menos de forma distinta. Lo va cavilando mientras vierte la leche en el cazo y, esperando que hierva, prepara unas rebanadas de pan con miel.

Cuando entra en la habitación de Eladi, le encuentra todavía adormecido. Mientras deja el desayuno sobre la mesita, él empieza a desperezarse, igual que un cachorro remolón. Descorre las cortinas y le sonríe. Él se incorpora con lentitud y le devuelve la sonrisa, aunque no sabe nunca cómo agradecer tanta hospitalidad y tanta dedicación. Mientras se bebe aquella leche que ella ha ordeñado y se come aquel pan que ella ha amasado, desearía que Elpida no se marchara jamás de esa habitación y, como quien no quiere la cosa, roncea para dilatar la comida. Sin embargo, ella tampoco tiene ninguna prisa en irse y se entretiene mirando por la ventana, escudriñando cada palmo de mar y de tierra, como si buscara la aprobación de su madre en aquel paisaje que un día compartieran.

XXVIII

Una vez caladas las redes tras la punta de Es Mut, Serafí
separa las escorpinas que ha pescado con el palangre, para
cocinar un *suquet*[16] con los demás pescadores. En cuclillas
y silbando, limpia un puñado de mejillones y de cigarras de
mar en la misma orilla. Al levantar la cabeza contempla la
puesta del sol, que se rezaga unos momentos sobre el cabo
de Begur antes de desaparecer por completo, y mientras va
metiendo el pescado en el cesto, entona aquella canción que
le cantaban de crío:

> De Begur y de sus calas,
> un dragón se enamoró,
> ardientes son sus entrañas
> y a todos nos da calor.
>
> Un payés le trae gallinas
> y atunes un pescador;
> una moza lo agasaja,
> la otra le canta una canción.
>
> Tiene púas en el rabo
> y ojos como luceros,
> escamas por todo el cuerpo
> y en su interior asan carneros.

---

16   Plato de pescado variado, a veces con crustáceos o moluscos, caldoso
y acompañado de patatas.

Casi no dispone de tiempo para acercarse hasta la masía. Ahora la mar le absorbe las horas y las fuerzas y sufre a cada instante por la suerte de las dos mujeres y del niño, a pesar de que trabaja más allá del sol para ayudar a la familia.

A la mañana siguiente sube desde Aiguablava cargado con un cesto de escorpinas, salmonetes y anchoas para salar. La mirada se le escapa hacia los campos abandonados, las cepas enfermas y la encina protectora que se impone a cualquier imagen. Así que atraviesa el patio polvoriento, percibe su propia sombra, que el sol alarga hasta la caricatura, y se avergüenza de los pantalones que le quedan cortos, de la barba descuidada, del tufo de pescado que le delata.

Helena le espera en la puerta, ojerosa, con Tomàs en brazos. Mientras descama las escorpinas, le ruega que dé voces a los demás pescadores, a los coraleros, a los veleros que bordean la costa, por si alguien tiene alguna noticia de Eladi.

—A veces se retrasan —dice Serafí y cada palabra le escuece en la boca—. Es difícil saber el día de vuelta.

—Sí, pero debería haber vuelto por San Pedro y mañana ya es la Virgen del Carmen —insiste ella, sin mirarlo y pensando solo en las deudas y en la carta.

Serafí suspira y no puede apartar la mirada de los pechos de Helena, que, mientras destripa los salmonetes inclinada en la pila, se insinúan bajo el vestido.

Desde la penumbra, inmóvil, talmente un icono antiquísimo, la abuela Helena todo lo escucha y todo se lo guarda.

—Se lo ha bebido la luna —dice para sí, persignándose—… como a Gona.

XXIX

Eladi se pregunta a menudo si algún día abandonará aquella isla. Le fallan las piernas cuando quiere andar un buen rato o le falta el aire cuando el camino se empina. Las manos le temblequean como a un anciano y la cabeza le da vueltas si se levanta demasiado deprisa. Durante los momentos que pasa tendido en el catre o sentado en una silla cerca de la ventana, mientras Spíridonas y su hija trastean, cavila muy a su pesar.

A veces, arrastrado por una imagen o un ruido, revive la tempestad y el naufragio con tanta viveza —chillidos, bramidos, aullidos y, de súbito, un silencio insondable— que le parece que ha perdido la cordura. O vuelve a sentir aquella sed atroz, aquella angustia abismal, la ropa, el sudor, la sal y el sol clavados en la piel. Otras veces piensa en su mujer, en las últimas palabras que le dijo y en todas aquellas que decidió silenciar. Y sobre todo, cada vez más, piensa en su hijo, al que intenta en balde poner rostro; ahora convencido de que es un niño, ahora seguro de que es una niña.

A la postre, antes de conciliar un sueño siempre inquieto, acaba pensando en las deudas que le asfixian, en el inconfesable miedo a volver, en el porvenir incierto… Entonces se despierta sobresaltado y la habitación le parece una jaula y las paredes, riscos escabrosos, resbaladizos y traidores como la carne de las vacas tembladeras.

XXX

Tomàs aprende a andar a fuerza de caerse y volver a levantarse del suelo polvoriento del patio, donde la abuela le vigila por el rabillo del ojo.

Helena trajina por la masía y, buscando en los baúles, se descubre ansiosa de ver de nuevo a Serafí, que esta tarde les ayudará a hacer la mudanza hasta la casa de Sa Tuna. Le duele, igual que un zarpazo aciago, tener que abandonar la masía de la Heura, la casa donde nació y se crio, la casa donde vivieron sus padres y donde murieron sus hermanos, la masía donde moraron tantas generaciones que ya no pudo conocer. «Cuando nosotros ya no estemos aquí, todavía existirán la tierra y la masía. Y en cada pedazo de tierra y de masía estaremos nosotros y todos los que vivieron antes que nosotros», le recordaba a menudo su padre.

—Tendremos que irnos, madre —le dijo a la abuela Helena, como si aquellas palabras hubieran de convencerla también a ella misma.

—Tu padre, Dios lo guarde en su gloria, se habría muerto del disgusto —y Helena observó cómo su madre se persignaba y reprimía algún reproche.

Esa misma tarde, Helena se fue con Tomàs a buscar lechuguillas dulces para no tener que presenciar cómo unos hombres cargaban las barricas de la bodega en el carro y se las llevaban más allá del camino. Al fin y al cabo, piensa, y no puede evitar cerrar los ojos con fuerza, era mejor vender la masía antes de que se la quitasen por culpa de las deudas. Con el dinero que ha recibido por la venta, y una vez pagados los acreedores, ha comprado otra barraca al lado de la que guardaban la barca y los aparejos de pesca. Ahora, las dos estancias forman una vivienda un poco desgarbada pero lo bastante digna.

Pronto se cumplirá un año de la partida de su marido y, mientras dobla manteles y sábanas para llevárselos a Sa

Tuna, se pregunta si algún día regresará, si acaso estará muerto. Se pregunta qué va a pasar si vuelve. Se pregunta si quiere que vuelva. Se asoma a la ventana porque desea atajar la avalancha de pensamientos que la perturba y oye las risas de su hijo, que ahora se empuerca de arriba abajo mientras juega en el huerto.

—Este niño es como la peste, que en todas partes se mete —grita la abuela—. ¡Si no te portas como Dios manda, Amara se te llevará bien lejos!

Las mismas palabras con las que la reñían y la amenazaban a ella de pequeña, piensa Helena, que recuerda cómo se estremeció cuando su padre le contó que el pirata Amara había cortado el cuello de una muchacha en una playa cercana. Los mismos piratas, aunque digan que apenas se ven ya por los mares, que podrían tener cautivo a su esposo, consumiéndose en una prisión, tal como se cuenta que le sucedió hace muchos años a Sagrera de Esclanyà, que murió en Argel porque el rescate no llegó a tiempo.

Gracias al ladrido de la Cherna, sabe que Serafí ya ha llegado. Deja el baúl a medio llenar, se recoge algún cabello indómito y sale a recibirlo. El, balbuciendo, la pone al corriente de las nuevas que han llegado de Palamós: el naufragio del *Estela*, ya hace meses, en «la costa del moro».

—Helena —dice, y el nombre de ella, que pronuncia por primera vez, le sacia la boca, extraño pero sabroso—, ya sabes que…

Pero ella le hace callar y le abraza, llorosa, todavía con las sábanas en la mano.

XXXI

El primer día que Eladi se ve con fuerzas para acompañar a Spíridonas a calar y recoger las redes, los dos hombres saben que ha llegado la hora de regresar a casa. Todavía no se lo confiesan, sin embargo. Uno porque no está seguro de que quiera marcharse. El otro, porque es consciente de las miradas y de los silencios entre aquel pescador de tierras lejanas y su hija; y también porque piensa que unas manos jóvenes, ahora que él empieza a envejecer, le prestarían un gran servicio. Cargan la pesca en los cestos y la trajinan hasta el carro que la llevará al mercado del pueblo. Guardan la barca y los aparejos, se lavan las manos en la orilla y regresan hambrientos a casa. Así lo hacen durante días, durante semanas, como si esa rutina los liberase de tomar una decisión.

—Evkharistó —le dice Spíridonas al final de cada jornada, confiando en que aquel agradecimiento acabe de convencer a su huésped de permanecer en la isla.

Finalmente, sin embargo, Spíridonas da voces entre los pescadores y los marineros y al cabo de unos días se entera de que un barco catalán está buscando coral en las costas de la isla, aunque todavía va a tardar un par de meses en regresar a su patria. Aquella tarde, el pescador griego le invita a la taberna con sus amigos, donde beben un vino áspero y turbio que le evoca el vino nuevo de su tierra, cuando la masía de la Heura daba las mejores uvas. Los pescadores alzan los vasos y entonan canciones de fiesta y de despedida, hasta que ellos también se levantan y, sin dejar de mover brazos y piernas, acogen a Eladi en el centro de un corro, que da vueltas y más vueltas como un solo cuerpo, y que le cerca, lo atrae y se lo traga.

A la mañana siguiente, como cada día, Elpida viene a buscarle para dar un paseo. Pero esta vez, sin necesidad de decírselo, se aventuran bosque adentro, dejando atrás viñas y olivos, en silencio siempre, con el corazón acelerado y sin aliento, hasta dar con una choza abandonada.

—Mine —le suplica Elpida al oído, justo antes de regresar a casa.

XXXII

El Día de Todos los Santos los pescadores no se hacen a la mar porque eso sería como atraer a la desgracia: es preciso venerar a los difuntos, recordar a los ahogados y rogar por las almas de todos ellos. Si, pese a todo, salieran a pescar, cuando recogiesen las redes y las nansas, en vez de peces y langostas se toparían con osamentas y calaveras humanas. Y cuando regresaran a casa, en vez de hallar a sus seres queridos, hallarían a sus espectros, que no les dejarían vivir nunca en paz. Así se lo habían contado y recontado a Serafí siendo niño, cuando todo el mundo se reunía alrededor del fuego para asar castañas y no perder el vínculo con los muertos.

Por eso hoy se ha adentrado en el bosque, más allá del arroyo donde se abrevan los jabalíes, justo por encima de un brezal tupido y escabroso, buscando los rodales de setas que le enseñó su padre, uno de los pocos recuerdos placenteros que guarda de él. Cuando regresa a Sa Tuna, le reconforta el aroma del licor de membrillo que satura la estancia y la almuerza de moniatos que espera cerca de las brasas. Mientras va quitando con la navaja las partes podridas de un níscalo, escudriña los gestos de Helena, que mece a Tomàs y le canta una canción. Cuando ella levanta la cabeza se encuentra con la mirada de Serafí, que le sonríe abiertamente, como si toda la timidez se hubiera fundido de golpe. Los dos querrían hablar, dejarse ir como una torrentera después del deshielo, pero callan y sonríen, solo con los ojos.

—¡Qué montonera de setas! ¡Huelen a gloria! —La abuela Helena entra de repente con un haz de leña al hombro.

—Eche usted las fajinas al fuego, madre, que los coceremos en las brasas —Helena reacciona en seguida y aparta la vista de Serafí.

Encima de la mesa, un ramo de crisantemos que Helena quiere dejar en la tumba de su padre, atrae miradas de reojo.

Esta mañana, mientras cortaba las flores de unos tiestos que había traído de la masía, ha pensado si también tenía que preparar un ramo para su marido.

XXXIII

Negra noche aún, Spíridonas y Eladi preparan la marcha hacia Afionas, en la costa norte de la isla, donde el barco catalán está ultimando detalles antes de volver a casa. En el transcurso de los últimos días, Elpida le ha evitado, pretextando tareas imperiosas o salidas intempestivas.

Al romper el alba, cuando los dos hombres se encuentran ya en la embarcación, Eladi reconoce un rostro en la playa y querría morirse para no tener que sufrir aquella mirada de súplica que, a medida que la barca se va alejando, intuye cada vez más cruda y más lúcida. Elpida cruza los brazos sobre el vientre, como si quisiera abrazarse a sí misma, y así le manda el último mensaje, que los ojos de él entienden pero que su mente arrincona.

La embarcación costea la isla con vientos suaves pero favorables. Cuando llegan a un puerto natural, protegido por unos acantilados que marcan el paso angosto entre dos playas, Spíridonas le manda una señal con la cabeza y Eladi vislumbra el barco de su tierra. Mientras se aproximan a él, vuelve a sentir, clavados en el estómago, el mismo vacío y la misma incertidumbre de unas horas antes. Aún podría echarse atrás, aún podría pedir a Spíridonas que regresasen, aún se halla aquí y aún podría quedarse en esta tierra rodeada de mar. Ahora ya le llegan palabras en su lengua, gritos y blasfemias de los marineros, las dos embarcaciones están a punto de tocarse. Aún…

De súbito, ve cómo Spíridonas se pone en pie, sonríe y se le acerca. La oportunidad se ha desvanecido. Por puro instinto, Eladi también se levanta, pero no se ve capaz de dar ni un solo paso.

Los dos hombres se despiden con un abrazo enérgico, largo, mudo. El pescador griego le entrega una imagen de san Espiridió, que el otro toma con ojos empañados y manos temblorosas.

—Evkharistó —dice Eladi, la última palabra antes de abandonar esa barca que parece englobar a la isla entera.

XXXIV

Serafí juega con Tomàs en la playa: le sienta en la barca, con las piernas carnosas colgando, le hace cosquillas en los pies descalzos; luego lo coge en brazos y lo lanza hacia arriba hasta que el crío ríe y grita de pura dicha. Desde la entrada de la casa, repleta de tiestos con flores, Helena los observa y, a pesar de que tiene el almuerzo a punto, no quiere llamarlos todavía.

—¡Esta comida no sabe a nada si se enfría demasiado! —refunfuña la abuela Helena, que desde que se han trasladado a Sa Tuna parece haber envejecido de golpe y porrazo, y día tras día repite que la humedad de la mar le está deshaciendo todos los huesos.

Sentados ya a la mesa, acompañados del chisporroteo del fuego, empiezan a hablar de las fiestas que se aproximan. La abuela Helena asegura que serán unas Navidades cálidas, como un veranillo de San Martín, pues algunas flores ya han echado capullos y algunos pájaros trinan como si anunciaran el buen tiempo. Porrón en mano, Serafí cuenta que ha descubierto un escondrijo repleto de langostas cerca de Ses Negres y calcula que, en cuanto las haya vendido a las familias ricas del pueblo, va a sacar bastante dinero como para disfrutar de unas buenas fiestas.

—Y el día de los Santos Inocentes —dice Helena, sentándose a Tomàs en el regazo— este bullebulle va a cumplir un año.

Vuelven a comer en silencio, acompañados solamente del ruido de los cubiertos y de las bocas que mastican, que salivan y que tragan.

Nadie menciona a Eladi. Nadie piensa en Eladi. A estas alturas, todos le dan por muerto. Devorado por la negrura profunda e insensible de la mar.

XXXV

El barco catalán arriba al puerto de Roses una mañana de Santa Lucía de 1866. El jaloque ondula las aguas con una espuma familiar mientras Eladi se embarca de nuevo, ahora con un marino de la expedición, camino a casa.

—¿Dónde quiere que le deje? —pregunta el marinero, que regresa a Tamariu.

—En Aiguablava —contesta Eladi.

Los dos hombres callan, atentos solo al celaje, de un azul crudo, mientras el barcón toma las pequeñas olas como si la mar le quedase holgada.

—Déjeme en Sa Tuna —rectifica Eladi, al cabo de un rato.

—Como quiera.

—Quiero volver a casa en mi bote —añade, como si necesitara justificarse.

Navegando ante las playas de l'Escala, piensa en sus compañeros muertos y, sobre todo, en el grumete, al que sus padres ya deben de haber rezado las misas de difuntos. Las islas Medes se dibujan recortadas contra el horizonte, umbrías, justo cuando pasan por l'Estartit y la costa ya se adivina más arisca, poblada de calas y caletas que mueren bajo los acantilados. Tan pronto como dejan atrás la playa de Pals y entran en la bahía de Sa Riera, un resquemor le recorre el estómago y, al mismo tiempo, acaricia las aguas con la punta de los dedos y busca las rocas que marcan el camino hacia casa. Recuerda entonces las salidas con el viejo Xerrac y aquel día, a principios de curso en la escuela, cuando alguien le dijo que habían encontrado al pescador muerto al lado de su barca. Al salir del colegio, arrancó a correr hacia Sa Riera, saltando matojos y sorteando hoyos y pedruscos, como si no se lo pudiera creer. Halló la barca vacía, descuidada, con los aparejos a su alrededor, como el que los olvida o los abandona de repente porque se le está quemando la casa. Nunca más volvió a hacer novillos.

—Va a tener usted una buena para contar —dice su compañero de viaje, que le ataja de golpe los recuerdos.

—¿Cómo dice?

—Todo eso que le ha pasado, parece que no haya palabras para contarlo.

—No se apure —dice Eladi, con una sonrisa forzada—. Siempre habrá quién las encuentre.

Costean la zona de Ses Negres, superan la mole del Cap sa Sal, y al aparecer la punta de Es Plom, una sucesión de imágenes incontrolables le relampaguean por la cabeza. Cierra los ojos y se aferra a la embarcación, talmente como si tuviera que volver a naufragar.

XXXVI

Cuando Eladi pisa los guijarros de la playa donde ha nacido, se sorprende al ver la casa abierta: por el Adviento la familia se encuentra siempre en la masía preparando la Navidad, el cerdo ya sacrificado, el fuego encendido, los campos y el huerto en reposo. Los dos hombres que faenan en la otra punta de la cala se detienen y se quedan mudos, con la vista fija e interrogante en aquella figura que no están seguros de reconocer. Él ni se da cuenta, solamente busca su barca mientras camina hacia aquella chimenea humeante. A medio camino, la Cherna le aborda y, desconcertada, se detiene a olisquearle.

—Soy yo —dice él, que se agacha y la acaricia.

El animal en seguida menea la cola, aúlla, ladra y lame las manos de su amo.

Helena cree ver a una aparición cuando Eladi entra, con paso vacilante, en la estancia. La claridad titilante de las llamas le desvela a un hombre todavía con fuerza, a pesar del rostro afilado y el cuerpo endeble, un hombre con una chispa de amargura pero también de orgullo en la mirada. Él, con esa misma mirada, hurga en los ojos de ella buscando, en vano, la complicidad y el resguardo que ha encontrado en otros ojos. Los dos luchan contra el tiempo que se estanca, que les vence, que les destroza.

—¡Virgen Santa! —atina a decir ella—. Estás muy delgado —añade, pues no osa pronunciar las palabras que querría pronunciar.

—Tú estás de buen ver —dice él, y suena más como un reproche que como un halago.

Se saben extraños, intrusos uno en el mundo del otro. Para huir de esa sensación, Helena camina hacia su marido, cierra los ojos y le abraza en silencio.

En un rincón, cerca de la ventana que da a la cala, la abuela Helena se persigna, murmura deprecaciones y retiene a Tomàs sentado en su regazo. El niño balbucea unas palabras y juega con un caballito que Serafí le ha tallado de un madroño.

—¿Este es mi hijo? —pregunta Eladi, sin esperar realmente ninguna respuesta.

Se le acerca y lo toma en brazos. La criatura, sin embargo, prorrumpe en llanto. Cuando Serafí, alertado por los sollozos del niño, entra en la habitación, necesita habituar los ojos a la penumbra y tarda un buen rato en reconocer a su hermano.

Los dos hombres permanecen en silencio, al acecho, como si cada uno de ellos fuera un obstáculo que hay que sortear, un estorbo en un espacio demasiado repleto.

—Me dijeron que todos habíais muerto —dice Serafí, todavía rígido.

—Ya lo ves —replica Eladi, que observa cómo su hijo, agitando las manos, quiere que Serafí le coja en brazos.

Ahora que ya se han tomado la medida el uno al otro, los dos hombres se miran de hito a hito, como antes de un duelo, igual que dos bestias a punto de embestirse. Serafí se aclara la garganta pero no dice nada, solamente baja los ojos y se acerca hasta su hermano mayor.

—Gracias a Dios que has vuelto —dice finalmente, aunque reprime el abrazo y solo le da una palmada en el hombro.

XXXVII

Eladi será, durante los pocos años que le queden de vida, un hombre enfermizo, marcado por las secuelas del naufragio y por las heridas que arrastra desde que tiene memoria y que a menudo supuran y le escuecen como si le hubieran clavado el aguijón de una pastinaca. Con el bote, de cuando en cuando, bordeará la costa y, una vez fondeada la embarcación y el anzuelo en el agua, se sorprenderá sondeando la mar en busca de tursones o de veleros, de tortugas gigantes o de algas que flotan a la deriva. Ayudando a Serafí en las tareas más sosegadas, le irá cediendo cada vez más responsabilidades, si bien siempre permanecerá sometido a la autoridad de Eladi, que al igual que un patriarca antiguo conservará el poder aunque ya no posea la fuerza.

Como si este fuese el último y el único objetivo de su vida, invertirá largos ratos en ganarse la confianza de su hijo Tomàs, sentándoselo en el regazo, jugando con él en la playa e intentando que su rostro y su voz resulten cada vez más familiares al chiquillo.

—Soy tu padre —le recalcará a menudo, mientras le enseña cómo colocar el cebo en el palangre o le muestra cómo distinguir los vientos o el cielo que anuncia temporal.

Después del almuerzo, tomará el sol a socaire, con los ojos de hurón, brillantes y escrutadores, clavados en el horizonte.

Y repetirá, con un susurro, como si temiera olvidarlas, aquellas palabras que Elpida le enseñaba en cada paseo. Entonces evocará aquella choza abandonada y ella desnudándose con una parsimonia pudorosa para ofrendarle un cuerpo que aún no había visto ningún hombre. Revivirá, con los ojos cerrados, el sabor de su piel, el tacto de sus pechos y el olor de su sexo mientras, entrelazados como hiedras, empapados de sudor a pesar del frío, se fundían en un solo grito y luego se adormecían abrazados, reteniendo el calor del otro cuerpo, furtivos y libres a la vez.

Una tarde, ya a duras penas sostenido por el bastón de avellano y seguido por la Cherna, se llevará a su hijo hasta las inmediaciones de Cap sa Sal. Y mientras contemplen la mar, bajo un pino raquítico, le contará su aventura. Una aventura que, de hecho, Eladi se contará a sí mismo, como quien se cobija tras las palabras o se construye y se fortalece narrándose. Una historia que, proyectada por esas palabras e invocada como un exorcismo, atenuará o anestesiará las heridas, pese a dejar cicatriz.

Mil veces pensará en pedirle otro hijo a Helena para cumplir el juramento, pero mil veces lo rechazará avergonzado, lleno de desencanto, sediento únicamente de otro cuerpo que en ocasiones todavía cree oler cuando cierra los ojos y siente el sol en el rostro. Y cada rechazo les alejará más y más al uno del otro para irles acercando a su destino, como el animal que se refugia en su madriguera para salvar la vida aunque pueda acabar muriéndose de hambre. Jamás ni un reproche, nunca ninguna palabra más alta que otra, jamás ninguna escena de celos; siempre un silencio tácito, como una tempestad que se va fraguando. Así pues, Helena le cuidará y le atenderá con abnegación hasta el final de sus días, aunque arda en deseos, siempre secretos, de ver a Serafí, cuyas visitas serán cada vez más frecuentes cuanto más débil sea la salud de su hermano.

—Somos una familia —repetirá a menudo Helena, más para darse fuerzas y convencerse a sí misma que a los demás.

XXXVIII

A estas alturas, Eladi ya sabe que la mar se lo ha dado todo y también todo se lo ha arrebatado. Ahora han hecho las paces. Desde la orilla, justo donde el agua y la tierra se encuentran y se separan después, mira la mar como quien mira a un antiguo amor que ya no duele. Le ha quitado las fuerzas pero le ha afinado la mirada, le ha investido de una sabiduría que a veces le aporta paz y otras le colma de una lucidez inquietante. Al fin y al cabo, piensa, la vida es como la mar: siempre busca el equilibrio. Sabe, pues, que su hermano y su mujer se entienden con un solo vistazo, que se escrutan en silencio, que rabian por encontrarse a solas. No se lo puede reprochar a ninguno de los dos. Ahora ya no. Helena se ha visto obligada a vender la masía para enjugar las deudas que él había contraído y que ha sido incapaz de pagar. Y Serafí se ha deslomado para ayudar a la familia mientras él estaba fuera, perdido en medio de la mar o perdido en medio de los ojos de otra mujer.

Es consciente, sin embargo, que tiene que legar a su hijo algún compromiso o algún encargo que le recuerden para siempre a este padre ausente y efímero como un relámpago. A estas alturas también sabe que se está muriendo y que debe apresurarse para dejar todos los cabos bien atados. Porque morirse, en ocasiones, es más difícil que vivir.

Una tarde, ya encamado, llama a Serafí a su habitación.

—Mañana tendrías que subirme a Begur —le dice.

Su hermano pequeño asiente en silencio, plantado en medio de aquel dormitorio que hiede a cerrado y a ungüentos, a enfermo y a sudor, a un cuerpo que ya empieza a huir de sí mismo.

—Prepararé el carro y nos iremos cuando quieras —acaba diciendo.

Cuando llegan a Begur, Eladi observa el pueblo como si no lo reconociese del todo y solo aparta la mirada cuando pasan por delante de la taberna, donde tan a menudo había tenido que acudir para recoger a su padre, borracho y pendenciero. De súbito, nota todo el cuerpo aterido de frío, trémulo, y el sol de invierno, espoleado por la tramontana, le hiere los ojos. Por temor a desplomarse, se aferra a Serafí y los dos hermanos se miran como si ya se hubiesen pagado todas las deudas pendientes.

El naufragio en «la costa del moro», la batalla contra la mar, la larga estancia en una isla remota, el regreso a Sa Tuna, se han ido contando de casa en casa: su aventura le precede. La gente mira a aquel hombre prematuramente envejecido, que camina apoyándose en un bastón, como si fuera el personaje de un cuento o más bien como un insecto insólito que se les ha detenido en la palma de la mano por unos instantes. Algunos se le acercan para saludarlo, otros le rehúyen, como si les hubiera de traer la desdicha, y otros cuchichean a su espalda para engrandecer un poco más la leyenda de aquel coralero.

En plena plaza del pueblo, se levanta un edificio señorial que no puede pasar desapercibido a nadie. Entran en él. Les hacen esperar en una sala lóbrega y repleta de cuadros y esculturas y damascos. Serafí se siente cohibido, pero Eladi lo mira todo con una curiosidad desvergonzada, casi con sorna, mientras acaricia aquella faltriquera con dinero que ha contado y recontado docenas de veces.

Un escribiente les llama y les acompaña hasta un despacho, pero Serafí se queda afuera, sentado en una silla, y Eladi entra renqueando, valiéndose siempre del bastón. Tras la mesa monumental, se sienta un hombre con un bigote de morsa y una voz más bien fina que contrasta con su corpulencia.

—Tome asiento —dice el notario, que también está al corriente de las vicisitudes de ese hombre desmadejado que tiene ante sí.

Mientras Eladi se explica, con una extraña locuacidad y clarividencia, el escribiente va tomando nota de todo y, de vez en cuando, el notario hace un inciso y aporta algún dato legal sin dejar de atusarse aquel bigote exorbitante. Cuando lo tienen todo listo, el notario lee el documento poco a poco, de arriba abajo.

—¿Está usted de acuerdo con el contenido? —pregunta—. ¿Lo entiende todo bien?

Eladi asiente y acto seguido firma el testamento, en el que hace heredero universal a su hijo Tomàs, con la condición irrevocable de que su primer nieto se llame Espiridió

XXXIX

Con el consentimiento de su hermano, que ha quedado postrado en la cama después de un acceso, Serafí abandonará la barraca de Aiguablava y se instalará en Sa Tuna. Será Helena, una nubosa madrugada de abril, la que le acompañará con la barca a recoger la ropa, los cuatro muebles y los aparejos de pesca.

Justo antes de desembarcar, el cielo descarga con furia pero, después del chaparrón, la mar se queda, solo por unos instantes, en calma, gris y tensa, como la piel de un delfín. Empapados de lluvia y de deseo, la playa se les ofrece desierta y cómplice. Y los ojos de uno no pueden huir de los de la otra; tampoco las manos ni los labios, ni la piel ni el cuerpo entero. Se arrancan uno al otro la ropa, a tientas, ansiosos, desmañados. Empieza a tronar y ahora las gotas repican en el tejado, igual que millares de dedos siguiendo el ritmo de la lluvia. Ellos, resguardados entre cuatro paredes, resuellan en un jergón que cruje y se hunde y se agarra a sus carnes desnudas como si les quisiera atrapar para siempre.

El cielo se ha abierto y el aire vira a gregal, más fresco y más denso. Se visten deprisa, dándose la espalda, sin una palabra, y solo se dan la vuelta y se miran de nuevo cuando el cuerpo queda oculto tras las ropas estrujadas. Cargan la barca también en silencio, colocándolo todo con un esmero neurótico, como si de un ritual sagrado se tratara.

—¿Seguro que no nos dejamos nada? —pregunta Helena, porque aquel mutismo le pesa más que toda la carga.

Los dos se acercan hasta la entrada de la barraca y dan una última ojeada a la estancia desnuda, corroída por el salobre, con las paredes ahumadas y el suelo manchado. Y con el hedor de sexo aún suspendido en el aire.

—No —dice Serafí—. Nada de nada, Helena.

Antes de regresar a Sa Tuna, mientras Serafí coloca el cebo en el palangre, ella quiere llegarse hasta la masía de la Heura. Cuando toma el sendero, justo antes de los últimos frutales, se da cuenta de que el nuevo propietario ha apañado el tejado y ha replantado el huerto, que vuelve a ser digno de ver, con las matas de habas y guisantes que verdean a lo lejos. Ya no hay las hortensias alrededor del pozo ni ninguna de las flores que crecían en tiestos improvisados. Tras el gallinero, y más allá de las higueras, la vista se ensancha hasta la colina de Ses Falugues y Helena descubre, como quien ve un espejismo, que han arrancado la mayoría de cepas y olivos y los han sustituido por pastos, alfalfa y trigales.

—¡Virgen Santa —exclama—, si lo viera padre!

De lejos, un poco deslumbrada por el sol, ve un rebaño paciendo en los lindes de la masía y el pastor que, con una sonrisa, levanta el brazo para saludarla. Las primeras golondrinas, como tantas veces las había seguido antaño, pasan veloces, sedientas, deslizándose por el agua del fregadero. Media docena de ocas refunfuñan igual que viejas desabridas y Helena, sabiendo que jamás volverá a pisar aquella tierra, contempla la encina antes de darle la espalda y despedirse de todo.

XL

Por la tarde, cuando Helena y Serafí llegan a Sa Tuna, les sorprende el trajín de vecinos delante de la casa. Todo el mundo permanece en silencio y les abre paso.

Eladi yace inerte en la cama. La abuela Helena, que le ha aliviado el dolor con su ciencia, lo vela con Tomàs en el regazo y un rosario entre los dedos. Acurrucada al lado del bastón de avellano, nadie ha podido ahuyentar a la Cherna.

Eladi Frigola i Busquets ha muerto antes de cumplir treinta años, con la mirada fija en la ventana, más allá de la cual, en plena agonía y por unos momentos, ha creído contemplar la playa de San Espiridió y oír el trino de una karderina.

Su esposa y su hermano también miran instintivamente por la ventana y la barca amarrada en la playa, cargada hasta arriba, les parece un balumbo inútil y acusador.

Las gentes empiezan a entrar en la casa y a ofrecer palabras de consuelo y de pésame. Helena y Serafí a duras penas saben qué hacer en medio de aquella estancia cada vez más llena y solo encajan manos y miradas y palabras como si un pedrisco ineludible les cayera encima.

—Hay que avisar al médico y al cura —les hace reaccionar la abuela.

Entonces Helena, de un tirón, le quita al niño y se lo lleva a la calle. De espaldas a la mar, lo abraza y lo aprieta contra el pecho, fuerte, como si quisiera protegerlo de ese gregal que ahora ya sopla más frío y más intenso. Tomàs se queja, se revuelve y empieza a llorar, y ella se une a su llanto, reteniéndole, sin embargo, entre los brazos, todavía con más fuerza si cabe. Ve, de lejos, a punto de tomar la trocha, a Serafí que se apresura, como ido, hacia el pueblo para avisar al médico y al cura y, sobre todo, para agotar al cuerpo y no dejar pensar a la mente.

—Helena… —grita la abuela.

Deja al niño en el suelo, que regresa corriendo hacia el interior de la casa. Y se queda sola ante la mar, con la mirada fija, como si la desafiara, muda, desguarnecida, sin ninguna lágrima más que verter.

XLI

Sentados en aquella sala lóbrega y repleta de cuadros y esculturas y damascos, Helena y Serafí esperan uno enfrente del otro, solo mirándose de vez en cuando, sin osar decir ni una palabra. Otra vez el escribiente, otra vez aquel escritorio monumental, y aquel hombre grueso con un mostacho imponente.

—Tomen asiento, hagan el favor —ofrece el notario, con aquella voz aflautada.

Carraspea, abre un cajón, coge una carpeta y saca de ella un pliego de hojas religadas y selladas.

—Son ustedes la esposa y el hermano del testador... —dice, y Helena y Serafí no están seguros de si es una afirmación o una pregunta, por lo que asienten los dos a la vez con la cabeza—. Ahora les voy a leer el testamento y las últimas voluntades del difunto. Y si tuvieran alguna pregunta me la pueden hacer cuando haya terminado. ¿Entendido?

Helena y Serafí asienten de nuevo y el hombre inicia la lectura con voz clara pero monótona, como si se aburriera a sí mismo. Hay un montón de términos legales que no comprenden, aunque lo que tienen que comprender lo captan con una claridad absoluta. De hecho, entienden incluso lo que el testamento no dice. No hacen ninguna pregunta, pues. Firman aquellos papeles maquinalmente, casi con prisa: él con una letra insegura y esforzada; ella, con una cruz.

Ya en la calle, mientras cruzan la plaza y la sacristía buscando el Camí de Mar, el aire les parece demasiado frío y la luz demasiado cruda. Tras de sí, cada mirada pesa muchos quintales y cada comentario es como un arpón que se les clava en la carne viva.

—Apurémonos —murmura Helena, con un paso tan enérgico que Serafí apenas si puede atraparla.

En las afueras del pueblo, pasada la última masía, se cogen de la mano y se adentran en el bosque, anhelantes, como si alguien les persiguiese. A la sombra de un alcornoque, bajo ramas y hojas que levantan un rumor sosegado, se abrazan y se besan, se palpan y lloran. Poco a poco, recuperan el aliento y se sientan en unas rocas alfombradas de musgo reseco. La mar se adivina entre retamas florecidas y tomillos olorosos, por momentos lejana, por momentos muy cerca. La miran y se miran, cogidos de la mano en todo momento. Es la primera vez que osan decirse todo cuanto siempre han callado.

XLII

Vestida de luto, como vestirá el resto de su larga vida, Helena remienda las redes sentada en la playa: las manos manejan la aguja con destreza mientras los pies descalzos tensan las redes por las mallas. Al lado de la barca, Serafí adoba las nansas y comprueba los plomos y los corchos de los trasmallos; de cuando en cuando se detiene y lía un cigarrillo que fuma con los ojos entornados. En la orilla, Tomàs, vigilado por la abuela, recoge guijarros de colores, conchas y restos de coral que va metiendo en un bote abombado y herrumbroso. Cuando lo tiene lleno, corre hacia su madre para mostrárselo. Helena levanta la cabeza de las redes y ve a su hijo, sonriente, con el bote en la mano y la mar y el cielo detrás. Un hijo que cada vez se parece más a Eladi.

—Se lo voy a enseñar al tío Serafí —dice el niño, y se marcha corriendo hasta la barca.

La madre lo sigue con la mirada y advierte cómo Serafí sonríe mientras lo sienta en la proa, donde el crío toma el achicador y finge que está sacando agua de la barca.

—¡Caramba, que espabilado! —le dice Serafí—. Pronto podrás echarte a la mar con tu tío.

Entonces Helena toma aire, baja la cabeza, vuelve a tensar las redes con los dedos de los pies y, mientras remienda cada desgarrón, empieza a gestar una historia que, con el tiempo, y pasada por el cedazo de otros familiares, se convertirá en la versión oficial, en la versión pública, la que todo el mundo podrá oír y todo el mundo podrá contar.

Su hijo Tomàs, que no recordará el rostro ni la voz de su padre, tiene poco más de tres años, pero un solemne encargo que observará tan pronto como nazca su primer hijo y le bautice con el nombre de Espiridió.

Y Tomàs contará la versión oficial de la historia a su hijo Espiridió, que la contará a su hija Neus, que la trasmitirá a su hija Anna, que a su vez la relatará también a su descendiente, una escritora curiosa y obsesiva que, al recontarla a su hija Amàlia, se verá empujada a rescatar la historia original, una historia que habla de cuando las barcas iban a vela y las redes eran de lino.

FIN

9

Cuenta la leyenda que un barco italiano, que transportaba la imagen de santa Reparada, se refugió en la playa de Sa Riera al verse sorprendido por un gran temporal. Cuando la mar se encalmó, retomaron el viaje, pero apenas había dejado atrás la bahía, el temporal se desató de nuevo, todavía más violento. Hasta tres veces lo intentaron y hasta tres veces tuvieron que regresar a la playa. Por fin, comprendieron que la santa les estaba pidiendo quedarse en aquella tierra, donde le levantaron un altar rudimentario que, con el tiempo, se convertiría en la ermita y el convento de Santa Reparada, patrona del pueblo y protectora de las gentes de mar.

Así como la fiesta mayor de San Pedro da la bienvenida al verano, la de Santa Reparada se convierte en su despedida. Llegan los primeros frescores, se van los últimos turistas. El aire se intuye ya más limpio, más respirable, quizás despejado por los primeros soplos de la tramontana o purgado por un chaparrón demasiado arrogante.

En el baile de la fiesta mayor, los vecinos se saludan y, cómplices por el reencuentro, se sonríen y se toman el pelo, que también es una forma de quererse. Todo el mundo parece liberado de un peso, reavivado. «Santa Reparada, temporada acabada», expresa el dicho. Pues siempre ha coincidido con el retorno de los pescadores, que abandonan las calas y playas y suben al pueblo para pasar allí el invierno. Como Vicenç Ferriol de Sa Tuna, que me llama nada más verme.

—¿Cómo llevas lo del libro, muchacha? —me pregunta, sentado en una silla al lado del escenario.

—¡Ya lo tengo listo! —y la exultación me estalla por los ojos.

—¿Y salgo en él o qué?

—Por supuesto, me habría sido imposible escribirlo sin usted y sin todas las personas que me han echado una mano.

—Me da a mí que nos vamos a hacer famosos —augura, con una sonrisa socarrona.

—La verdad es que lo tenemos un poco crudo —le digo, pensando en el tío Baldiri, en Rita, en el editor que todavía no tengo…

De pie, sonriente, observo a mis convecinos: bailan, ríen, charlan o se embelesan con la mirada perdida en la noche. Participan todos de un rito atávico, de una celebración común en homenaje a su patrona, una santa tozuda y nacida a orillas de la mar.

—¡Eh! —exclama Vivenç antes de que yo me marche—, casi me olvidaba de que hoy es tu santo. ¡Felicidades!

Y una vez más el significado y el origen de las palabras expresa mucho más de lo que se pueda sospechar. Reparada proviene del latín *reparata*, que significa «restablecida, renovada». Así se sienten los habitantes de Begur, una vez terminada la temporada y superado el verano. Y así me siento yo: rehecha, revivida, feliz de haber concluido el relato. El viernes, sin embargo, justo al *acabar* el libro, noté que alguna cosa me angustiaba, que quedaba algún cabo por atar, un último trayecto que recorrer. Sentía un vacío y no sabía cómo llenarlo.

—Sé valiente, nena. Solo tú puedes desenredar este embrollo —las palabras del tío Baldiri me percudían en la mente, como un reto, casi acusadoras.

Tras una noche inquieta, me desperté de madrugada y, como si alguien me estuviera allí esperando, bajé hasta Sa Tuna. La cala estaba desierta, y la claridad se iba expandiendo por el cielo con una lentitud y una placidez aletargadas. Tomé el camino de ronda hasta Cap sa Sal y me senté en una roca, inmóvil, ensimismada, como si quisiera fundirme en aquel paisaje. La mar, todavía en penumbra, todavía apagada, todo lo reflejaba y todo lo acogía, en silencio, con una indiferencia formidable. De repente, con un escalofrío que me recorría la columna, supe cuál había de ser el último paso.

Cerca de los músicos, con una pandilla de amigas, Amàlia está bailando la canción de moda con una seria concentración. La observo con orgullo de madre y, por enésima vez, acaricio un pedazo de papel que, desde ayer, llevo encima como si fuera un amuleto o un talismán.

—¿Qué es, mamá? —me pregunta, cuando se lo enseño.

—Es la reserva para pasar una semana en Corfú —le respondo—. La isla donde fue a parar nuestro antepasado.

A lo mejor estoy loca de remate, como aquella chica que hablaba con la luna, pero algo me dice que en la playa de San Espiridió hay una familia —que también es la nuestra— que todavía nos puede contar algún detalle revelador. Una familia a la que, en nombre de varias generaciones, mi hija y yo podremos dar las gracias.

—Ay, Gona, Gona, ¿qué vamos a hacer con vos? —me canta Rita, que aparece con dos vasos en la mano para celebrarlo.

Agradecimientos

A Xico Florian, por acercarme las palabras y los rincones de la mar.

A Gervasi Sais Pilsà, por recrearme aquella Sa Tuna perdida en el tiempo.

A Joaquim Andreu Roig, por ayudarme a entender cómo era la vida en el campo.

A Joan Oliva Vila, por contarme tantas cosas de Sant Aniol d'Aguja.

A la Dra. Montserrat Verdaguer, por asesorarme en cuestiones médicas.

A Ponç Feliu, por aclararme algunos detalles históricos.

A Àngels Bernal Bustos, por sugerirme algunas expresiones castizas.

A los archivos, bibliotecas, ayuntamientos y demás instituciones que me han proporcionado orientación, documentación y bibliografía para construir esta novela.

A Aniol Rafel, Marta Rubirola y Andrea Rovira, mis editores, esmerados y entusiastas.

A todo el equipo de Edicions del Periscopi.

A todo el equipo de Berenice, por confiar en esta novela.

A Bernat Fiol, mi agente literario, por vislumbrar nuevos horizontes.

A Pep Solà, por mandarme la traducción del poema de Joan Vinyoli.

A Susana Ruiz, por la fotografía.

A Maria Sais Puig y a Josep Serra Ferrer, mis abuelos, que conocían leyendas de la mar y de la tierra y me las contaban con palabras preciosas.

A Dolors Serra Sais, mi madre, por contagiarme su pasión por la lengua.

A Miquel Martín Tarifa, mi padre, por transmitirme sus valores.

A Olga, la primera lectora de esta novela.

A Mila, por pedirme tantas historias.

Y a Bugui y a Flaix, por su lealtad sin límites.

Aclaraciones

La leyenda del bisabuelo Espiridió está basada en una historia familiar, pero todo lo demás es ficción.

Las leyendas de Gona y del dragón del cabo de Begur, así como las canciones que las acompañan, son fruto de mi imaginación.

La leyenda de Medusa y el coral está extraída de la mitología griega.

Las leyendas de las sirenas de las islas Medes, de la argolla mágica de la montaña de Quermany, de la playa del Crit, de las rocas de Ses Falugues y de santa Reparada son adaptaciones de leyendas populares.

La leyenda del monstruo de la cueva de Sant Pau permaneció inédita hasta que la publiqué en *Llegendes de mar de la Costa Brava* (Edicions Sidillà, 2012).

La leyenda de la serpiente del Puigcalent es también una fabulación mía a partir de los testimonios que afirman haber visto una serpiente gigantesca por aquellos parajes.

La leyenda de la cueva de Es Neros está inspirada en el personaje de *Sa Cova Santa*, una narración popular recogida por Francesc Mascort.